KR274547

동박새

동박새
최복만 장편소설

초판 인쇄 | 2011년 8월 20일
초판 발행 | 2011년 8월 25일

지은이 | 최복만
펴낸이 | 신현운
펴는곳 | 연인M&B
기　획 | 여인화
디자인 | 이수영 이희정
마케팅 | 박재수 박한동
등　록 | 2000년 3월 7일 제2-3037호
주　소 | 143-874 서울특별시 광진구 자양동 (680-25호(2층)
전　화 | (02)455-3987　팩스 | (02)3437-5975
홈주소 | www.yeoninmb.co.kr
이메일 | yeonin7@hanmail.net

값 12,000원

ⓒ 최복만　2011 Printed in Korea

ISBN 978-89-6253-100-8 03810

이 책은 연인M&B가 저작권자와의 계약에 따라 발행한 것이므로 본사의 허락 없이는
어떠한 형태나 수단으로도 이 책의 내용을 이용하지 못합니다.
잘못된 책은 바꾸어 드립니다.

최복만 장편소설

동박새

만약 어느 날 갑자기
누군가를 열렬히 사랑하던 열정이
눈 녹듯 사그라져 버린다면 그때 마음은 어떠할까.
아마 삶 자체가 쓸쓸하고 허망해질 것이다.
동백꽃과 동박새는 그걸 잘 알고 있기에
순수와 열정을 고이 간직하려 부단히 노력하며 산다.

연인 M&B

| 작가의 말 |

제주 성읍에 우뚝 솟아 있어 예전에 신선이 살았다는 영주산에 올라 섬 밖 대양을 내다보다가 구름 틈새로 한없이 쏟아져 내리는 검붉은 햇살을 맞게 되었다.

그 모습은 마치 천상으로부터 수혈을 받는 것과 흡사해서 순간 난 무슨 계시라도 받은 양 정신없이 온몸 모세혈관마다 그 검붉은 햇살을 한껏 담아 두었다.

그건 떼려야 뗄 수 없는 불가분의 그림자인 양 내 인생의 뒤안길을 묵묵히만 따라붙던 사랑의 열정이 다시 끓어오르는 태몽이었다.

　난 그 태몽을 꺼뜨리지 않기 위해 순수를 앞세워 열정을 계속 품어 댔다. 그러자 놀랍게도 용암이 분출하더니 붉은 꽃망울이 마구 터져 났다. 그 꽃은 바로 한겨울 시린 산고 속에서도 활짝 피어나 고결함을 잃지 않는다는 동백꽃이다.

　이 소설은 그 꽃가루를 수정시키기 위해 불가분적 연모 관계를 맺고 사는 동박새의 지순한 사랑과 삶의 열정을 한데 모아 엮어 낸 것이다.

저자 배상

차례

갯바람

창가로 밤하늘을 올려다보는데 청정한 별들이 초롱초롱 댔다. 그 아래로 만삭의 달빛이 나뭇잎 무성한 동백나무에 붙어 제 몸짓보다 더 크고 긴 그림자를 고적하게 이끌고 있었다.

멀리 담 끝까지 훤히 비춰지는 랜턴을 들고 골재 깔린 산책길과 숙소길 따라 매일 하는 안전 순찰을 돌았다. 저벅저벅 자갈 밟는 소리가 동백나무 숲을 맴돌아 한밤에 정적을 가르며 크게 들려왔다.

그 발자국 소리가 오늘 따라 왠지 낯익어 보여 하늘가에 두둥실 떠 있는 별에게도 달에게도 랜턴을 높이 치켜 세워 비춰 봤다. 문득 잃어버린 그 무언가를 찾아내듯 어둠이 짙게 깔린 우주 속을 샅샅이 훑어보는데 아득하나마 뭔가 보일 듯 말 듯하더니 이내 달무리에 한 얼굴이 비춰 왔다. 그건 바로 섬 밖에 있는 소녀가 문득 생각난 것이다.

그 소녀이던 그녀가 제주 성산포를 스쳐 간 것은 봄꽃 축제가 막바지일 때다. 그때가 바로 장흥 노력항에서 쾌속 페리선인 오렌지호를 타고 성산항으로 들어오는 예약 손님을 마중 나가던 참이었다.

도착 시간이 촉박해 쫓기는 와중에도 성산 하나로마트에 들러 주방장이 부탁한 식재료를 일일이 사서 봉고차에 싣고 나니 마음이 급해졌다. 얼마나 조급해했는지 그만 쇼핑 카트를 제자리에 돌려놓지 못하고 마트 전용 주차장 한 곳에 그냥 방치해 둔 채 여객터미널로 급히 차를 몰았다.

아마 아주 잠깐의 시간이 흐른 뒤였다. 낯선 전화가 걸려 왔길래 무심코 받은 게 제주에서 소녀이던 그녀와의 첫 통화였다.

그땐 전화상이어서 얼굴을 보지 못했고 또 연락이 끊긴 지 아주 오래된 뒤라 목소리마저 서로가 누구인지 알아채질 못했다.

"이봐요! 왜 뺑소니쳐요?"

그녀는 흥분된 말투로 다짜고짜 따져 왔다.

"뺑소니라니, 누가요?"

"누구긴 누구에요, 댁이죠."

"내가요?"

"그래요!"

"······?"

만나거나 스쳐 본 기억조차 들지 않았기에 혹시 뭔가 착오를 일으킨 게 아닌 건지 잠시 되짚어 보았지만 생각 나는 건 아무것도 없었다.

"댁이 그냥 방치해 둔 쇼핑 카트가 굴러와 제 차를 덮 쳤단 말이에요. 댁을 막 불러 세워도 안 서고 도망쳤잖아 요. 차가 우그러졌는데 어쩔 거냐고요?"

순간 식재료를 싣고선 마트 전용 주차장 한 곳에 쇼핑 카트를 세워 둔 게 언뜻 생각났다. 너무 바쁜 마음이라 그곳이 경사져 있는 것조차 몰랐고 또 뒤도 돌아보지 않 고 앞만 보며 급히 빠져나왔었다.

'아차!' 싶었다.

우리 봉고차 옆면엔 광고 홍보용으로 농원 상호와 내 핸드폰 번호가 큼직이 새겨 있었다. 그녀가 이를 보곤 전 화를 걸어온 게 분명했다.

하지만 난 손님 마중 시간에 쫓겨 전화로 그녀와 일일 이 따져 볼 시간이 없었다. 또 추돌이 아닌 단순 접촉이러니 하여 대수롭지 않게 여겼다.

"정말 죄송합니다!"

어쨌든 무조건 사과하고 넘어가려 했다.

"죄송 갖곤 안 되고요, 수리비 청구할 테니 변상하세요."

그깟 쇼핑 카트에 부딪쳐 봤자 얼마나 흠집이 났을까 하는데도 또 물증을 확인한 바가 없는데도 정식으로 수리비를 청구하겠다는 그녀의 야박한 말에 울컥 열이 받쳤다.

"난, 모르는 일인데요?"

"잡아떼는 거예요?"

"잡아떼다니 뭘요? 모르는 걸 모른다고 하지 그럼 뭐라고 합니까?"

"사고 냈으면 책임져야죠."

"책임지라고요? 누굴요?"

"신고할 거예요!"

"하하! 신고요? 증거도 없는데 맘대로 하세요."

"뭐라고요?"

전화상으론 생면부지로 여길 수밖에 없었던 그녀가 분에 차 펄쩍펄쩍 뛰다시피 할 게 분명한 암컷의 본능적인 탈춤을 상상하면서 난 피식 웃어 버리곤 전화마저 일방적으로 끊어 버렸다.

그 후로 약간의 조바심은 일었지만 더는 전화가 없었고 또 수리비 청구도 없어 한동안 그 일을 잊고 있었다.

정말 옛말에 원수는 외나무다리에서 만난다고 하더니 내가 그녀를 다시 만난 건 그 일로부터 몇 달이나 지난 후였다.

계절적으론 녹음이 짙어가 무더위가 쩽쩽거리던 때이며, 또 산란에서 성충까지 수년간을 땅에서 인고한 대가에 비해 사는 건 고작 고목에 매달려 한여름 며칠뿐인 참매미가 한스런 자신의 처지를 토해내듯 시도 때도 없이 맴맴거릴 때였다.

또한, 제철을 만난 풀모기 떼들이 몰려다니며 피를 뽑아내느라 극성맞게 밤마다 모기와 전쟁을 치르는 통에 수면 부족으로 한낮에도 수시로 꾸벅꾸벅 졸던 즈음이다. 정확히는 한 예술대 학생들이 졸업 여행으로 우리 농원을 찾아오면서였다.

그 인솔자 중 하나가 그녀였다. 그때서야 비로소 그녀가 한때나마 내가 좋아하던 소녀였음을 알게 되었다.

내가 소녀를 처음 알게 된 것은 학생 때였다. 그때 난 산악회 총무였고 소녀는 회원이었다. 어느 날 정기 산행으로 소백산 철쭉제 때 소녀와 같은 팀웍을 이뤄 산에 오르면서다.

　처음 하는 산행을 새벽같이 등정하느라 힘들어하던 소녀를 챙기다 보니 우린 맨 후미로 처져 있었다. 당시 산행엔 목적 의식을 고취하고 중도 포기를 방지하고자 지정된 정상에 올라서야만 도시락을 보급받을 수 있도록 회칙을 정해 놓았었다.

　소녀의 배낭까지 대신 지고 보조를 맞춰 가느라 산 중턱에서 잠시 쉬는데 내 배가 꼬르륵거렸다. 그때 그 소리를 듣던 소녀가 수줍은 미소를 지어 보이며 내게 내민 건 냄새가 나갈까 봐 겹겹 봉지로 둘둘 말아 놓은 아주 작은 봉지 김치였다.

　우거진 숲속 한켠으로 커다랗게 돌출된 바위에 걸터앉아 있던 난 허기짐에 소녀의 유혹을 덥석 받아 물고 말았다.

　아침 안개가 아직 걷히기 전이라 산 아래 세상은 너무 고요했다. 이슬 머금은 산꽃이 풋풋한 향을 살며시 풍겨 왔고 벌과 나비가 눈곱을 비벼 대며 막 기지개를 펴고 있었고 또 맑은 물소리와 산새소리만 간간이 들려왔다.

　소녀는 봉지 김치를 익숙하게 뜯더니 손가락으로 붉게 말은 김치 한 조각을 내 입에 건네 왔다. 그 맛은 매콤한 맛이 아니라 달콤한 맛이며 절인 맛이 아니라 신선한 맛, 바로 환상과 황홀함이 입안에서 아삭거렸다. 그 소백산 중턱 숲의 정기와 솔향이 물씬거리는 커다란 바위 위에 걸터앉아 소녀가 내 입에 물려 주었던 그 김치 맛은 영원히 잊을 수 없다.

그때 난 김치를 먹은 게 아니라 소녀가 붉은 꽃잎으로 부쳐 준 화전을 먹고 또 소녀의 붉어진 수줍음을 먹은 것이다. 게다가 곱고 예쁜 소녀의 마음까지 덤으로 훔쳐 먹어 내 마음까지 붉어졌었다.

그 소녀와 첫 키스를 나눈 건 그로부터 얼마 후였다. 당시 우린 산이란 사시사철 매번 변하는 게 아니라 순수와 진실을 아름답게 굳건히 지키고 있는 게 바로 산이라는 공감대를 형성하고 있었기에 휴일이면 매번 산행을 했다. 그때도 휴대용 취사도구를 챙겨 함께 오른 곳이 계룡산이었다.

동학사에서 삼불봉까지 올라 오늬탑을 거쳐 다시 졸졸졸 흐르는 맑은 계곡물 따라 한참을 걸어 내려오느라 허기짐에 산기슭 외딴집에 들러 쌀을 구해 야영장에서 그 계곡물로 새하얀 밥을 지어 냈다.

코펠이 달궈지면서 뚜껑 사이로 김이 모락모락 새어 나오는 게 산안개와도 같아 소녀는 하늘에서 내려온 선녀와도 같았다. 반찬이라곤 하산길에 뜯은 산나물 몇 잎과 외딴집에서 얻은 간장과 고추장뿐이었지만 밥맛은 꿀

맛이었다. 그 꿀맛은 분명 서로 좋아하는 마음이었다.

그날 밤늦게 소녀를 집에 바래다 주고 돌아설 때, 소녀는 얼굴을 붉히며 내게 키스해 달라고 했다. 그때 난 가로등이 너무 밝아 담쟁이넝쿨로 가득 메운 소녀의 집 붉은 벽돌담에 바짝 붙어서 하트 모양의 잎새에 가려진 소녀의 마음을 내 혀로 둘둘 말아 덩굴손 엮어 가듯 달콤함이 풀리지 않도록 꽁꽁 묶어 두었었다.

"그때 뺑소니친 게 오빠였어?"

그녀를 본 순간 난 소녀와의 추억이 가장 먼저 떠올랐다. 그건 그동안 소녀의 마음을 가슴에 고이 간직하고 있었던 때문이다. 그러나 그녀는 내 생각과는 달리 지난번 성산포 하나로마트에서 벌어졌던 쇼핑 카트 사건을 제일 먼저 떠올렸다.

"뺑소니라니?"

"아니! 그게 뺑소니지. 그럼 뭐야?"

그때 그 범인이 바로 나임을 알아챈 그녀는 어이가 없다는 표정을 지으며 눈을 동그랗게 뜨곤 따지듯 말했다.

"미안해!"

"이걸 그냥……."

"고의는 아니었다니까."

"그럼 사과를 했어야지. 그 때문에 속상해서 몇 날 동
안 얼마나 화가 치밀었는지 알아?"

"그때 손님과 급한 약속이 있어서 그만……."

"어휴!"

내가 핑계를 대느라 말을 더듬거리는데 주차장에 주차
된 봉고차에 새겨진 농원 상호와 전화번호를 뚫어져라
쳐다보며 내뱉는 그녀의 한숨 소리가 얼마나 컸던지 넓
은 농원을 몇 바퀴나 맴돌고 나서야 겨우 진정되었다.

"화가 많이 났었구나!"

"나만 바보된 거지, 근데 왜 제주로 온 거야?"

"너 때문에."

"뭐? 나 때문이라고?"

"그래!"

"그게 무슨 말이야?"

그녀가 추궁하듯 두 눈을 크게 뜨고 물어 오자 한 기억
으로 내 마음이 쿵 내려앉으려는 찰나에 때마침 식사 시
간을 알리는 안내 방송이 크게 들려왔다. 곧바로 학생들
이 우르르 숙소 밖으로 나와 식당 앞에 장사진을 치느라
왁자지껄했다. 그 많은 학생들이 그녀와 내가 붙어 밀담
이라도 나누는 듯한 야릇한 모습을 힐끗 보면서 수군거
리는 통에 더는 대화를 나눌 분위기가 못되었다.

그날 올레 첫코스로 시작점인 알오름과 말미오름을 거쳐 종달리 소금밭을 지나 우도와 일출봉을 감상하며 해안도로를 따라 파도가 넘실대는 광치기 해변까지 걸었다 하니 학생들의 허기짐을 헤아릴 수 있었다.

의혹이 깃든 그녀도 상황이 어쩔 수 없게 되자 나중에 보자는 투로 눈짓을 지으며 학생들 틈으로 돌아갔다. 잠시 멍한 채 생머리를 늘어트린 그녀의 뒷모습을 바라보는데 머언 뒤안길에 또 다른 기억 하나가 다시 떠올랐다.

그건 내가 소녀의 가슴을 훔쳐 낸 일이다. 아마 첫 키스를 나눈 그해 늦가을이었다. 그때도 막바지 단풍이 한창이여서 산행을 하자며 내장산에 갔었다. 세상은 온통 붉은 단풍과 샛노란 은행잎이듯 울긋불긋하기만 했다.

그날 따라 소녀의 볼록한 가슴이 손만 대도 톡 터질 듯한 물봉선화로 피어났다. 산행 내내 실잠자리가 되어 살포시 앉아 보고 싶은 충동이 이는 통에 단풍은 하나도 보이지 않았다.

내장사를 거쳐 금선폭포까지 손을 잡아 주며 정상에 올라 화려하게 물든 세상을 향해 한껏 메아리 치곤 능선을 따라 하산하려는데 예고 없이 첫눈이 내렸다. 금세 함박눈으로 변하더니 산에 오를 때 오색 단풍으로 울긋불긋하기만 하던 세상이 순식간에 하얗게 변했다.

산길마다 눈에 쌓여 방향을 잃는 바람에 몇 번이나 가던 길을 오가면서 헤매었다. 더욱이 하산길이 미끄러워 더듬대며 내려오느라 예정 시간보다 꽤나 지체되었다.

그날 난 어두워진 귀경 고속버스 속에서 그만 일을 저지르고 말았다. 그건 주변의 시선은 아랑곳 않고 소녀가 열어 준 재킷 속으로 손을 디밀어 소녀의 젖가슴을 매만진 것이다.

그 보드라운 살결에 설렌 마음이 얼마나 요동쳤는지 내 머릿속은 온통 하얗고 마음은 허공에 둥둥 떠다녔다. 결국 물봉선화의 꽃술이 촉촉해지자 소녀는 마음을 맡기듯 내게 몸을 기대어 왔다. 그날 난 부르르 떠는 소녀의 꽃술을 꼭 쥔 채 아이처럼 스르륵 잠이 들었었다.

그 소녀에 대한 내 생생한 추억을 슬라이드로 꺼내 보며 달콤한 회상에 빠져 있던 사흘이 훌쩍 지난 뒤였다. 그러니까 학생들이 졸업 여행 일정을 모두 마치고 농원을 떠나기로 한 전날 늦은 밤이었다.

주방이 끝난 이후 다들 식당에 모여 그간 촬영한 동영상으로 소감을 나누며 졸업 여행에 대한 평가회와 다과회를 갖느라 취침 시간이 많이 늦어져 자정이 훨씬 지난 후였다.

연일 강행군으로 노곤함에 지친 학생들이 거의 잠들어

풀벌레만 씨르륵! 거리는데 관리실에 붙어 있는 내 침실로 그녀가 꿈을 꾸듯 찾아왔다.

"아직 안 자?"

"어! 좀 있다가 순찰해야 해."

"화낸 게 마음에 걸려서……."

"아니야! 내가 도리어 미안하지."

"그때 나 약혼 기념으로 여행 중이었거든."

"약혼?"

"응!"

나의 안전 불감증으로 쇼핑 카트가 그녀의 차를 덮치던 날 그녀는 약혼 기념을 만끽하고 있던 중이었다. 순간 내 목이 올가미라도 걸린 마냥 숨이 꽉 막혀 왔다.

"아주 행복해 보이는데?"

"고마워!"

"뭐가?"

"다 이해해 줘서. 근데 언제 제주로 내려왔어?"

"결혼하고서부터……."

그때가 약혼 기념일이라던 그녀가 이미 결혼했을 거라는 판단을 앞서 내려 버린 난 오기가 나 하지도 않은 결혼을 핑계 대었다.

"결혼했구나!"

"……."

난 그녀의 궁금증에 세세히 답하고 싶지 않았다. 왜냐면 그녀가 이미 남의 여자가 되어 있다는 사실을 세뇌시킨 것에 대해 심통도 나고 밉기도 했다. 그러니 질투 어린 내 말투가 당연 통명스러울 수밖에 없었다.

그런 내 겉마음을 곧이곧대로 새겨들은 건지 그녀가 거침없이 내 곁으로 한 발짝 더 가까이 다가왔다. 순간 난 소리도 없고 보이지도 않는 떨림이 마구 요동쳤다. 속눈까지 촉촉해졌다. 그건 소녀와의 해후였다.

"바보같이 울긴?"

"아니야, 눈에 티가 들어가서 그래."

"말 안 해도 그 맘 다 알아, 정말 나 보고 싶었어?"

"어?"

속마음이라도 들킨 것 마냥 얼버무리려 했지만 사실 그동안 보고 싶었던 건 사실이다. 그걸 가슴에 조용히 묻어 두었을 뿐이다. 그러나 그녀의 품에서 물씬 풍겨 오는 짙은 페로몬 향수가 낯선 이질감으로 또다시 숨을 탁 막히게 했다.

"그때 왜 날 찾지 않았어?"

"그건……."

갑자기 그녀의 목청이 욕정이 깃든 허스키함으로 변해

바르르 떨려와 순간 내 혀가 굳어지는 바람에 벙어리가
된 채 고개만 옆으로 살짝 흔들었다.

사실 난 소녀를 찾지 않은 게 아니라 방생한 거라 여겼
었다. 당시 군에 입대하면서 소녀 역시 같은 기간 동안
파리로 유학을 떠났다. 그 후 난 제대를 했지만 소녀는
바람난 새가 되어 귀국하지 않았다.

그때 소녀가 너무 멀고 높은 곳에 머물러 있었다. 성악
을 전공한 소녀가 국제대회에서 특상을 받으면서 세간으
로부터 주목받는 샛별이 된 것이다. 나는 그 샛별을 쫓아
따내기보단 새장에 가두어 뒀던 철부지 새를 드넓은 세
상으로 훨훨 풀어 준 거라 여기기로 했다. 그때 소녀는
유명 연예인과 스캔들 소문까지 나돌았었다.

그 아파진 마음을 삭이며 난 뭍에서 섬으로 건너왔다.
어쩜 바보 같은 생각이었는지도 모른다. 그러나 난 아름
다운 옛 기억으로만 간직하기로 마음먹었었다.

"우리 내일이면 여기 떠나는데……."

"나도 알고 있어."

"나, 앞으로 자유로운 몸이 아니라서 어쩌지?"

"어쩌긴 뭘 어째? 각자의 자리로 돌아가는 건데."

내 말투가 감성이 사라진 채 계속 밋밋하기만 했다.

"정말 그래도 아무렇지 않아?"

“…….”

순간 그녀의 최후통첩 같은 말에 난 그만 주춤해 버렸다. 또다시 벙어리가 되어 고개만 옆으로 흔들고 말았다.

“거봐!”

“그럼 어째?”

“아무리 미워해도 난들 어쩌겠어. 내 마음 한구석은 오빠 차지니까, 혹 꿈에서라도 보고 싶으면 언제든지 오라구. 내 항상 오빠만을 위해 재킷을 열어 둘게.”

“…….”

난 그녀의 말을 순수로 여겨 감동하기보다는 유혹적인 어투로 받아들이는 바람에 정신줄을 놓은 것처럼 멍해 있었다.

계속 미적거리며 내 침실을 나가지 않으려는 그녀와 뜬눈으로 밤을 새는데 혼란스러워 꿈인지 생시인지 가물가물했다. 동녘에 여명이 터서야 그녀는 졸린 눈을 비벼 가며 내 침실을 나갔다.

그리곤 아침 일찍 학생들을 인솔하여 농원을 떠났다. 그때서야 그녀가 내 곁을 완전히 떠난 실감이 들었다. 한동안 허전함이 물밀 듯 밀고 오는 바람에 뇌가 정직된 마냥 또 어항에 갇힌 어선처럼 더는 어쩌지도 못하고 제자리에서만 달막댔다.

　그렇게 소녀이던 그녀가 떠나고 나자 내 마음엔 더 이상 소녀가 머물러 있지 않았다. 소녀와 함께한 사춘기를 아름답게 그려 놓고 고즈넉할 때마다 꺼내 보곤 하던 내 소중한 추억이 염분 머금은 갯바람에 모두 절여져 버렸다.

꽃씨

잊을 듯하던 소녀, 그녀에 대한 기억을 다시 떠올린 건 추석이 지난 직후였다. 그건 한 신혼부부가 골프를 겸해 서울에서 제주로 내려와 우리 농원에 묵으면서였다.

아침 일찍 인근 골프장까지 봉고차로 태워다 주고 골프가 끝나는 정오 무렵 다시 숙소로 데려오곤 했다. 그 부부는 중식 이후인 오후 시간대에 개별적으로 관광을 즐겼다.

하루는 딱히 바쁜 일이 없어 농원 봉고차로 내가 직접 관광 안내를 자청했더니 부부가 아주 좋아했다. 덤으로 일이 뜸한 농원 식구들까지 대동시켜 간만에 나들이를 겸하였다.

인근 삼달리로 풍력발전소가 있어 그곳을 거쳐 가는데

여러 대의 풍력발전기 사이로 둔덕과 오솔길마다 억새풀이 무성한 게 영화의 한 장면 같아 한없이 걷고 싶은 충동이 일었다. 살랑거리는 들녘의 유혹을 더는 뿌리칠 수 없어 차를 길섶에 세워 두고 모두 내리게 했다. 파노라마로 펼쳐 오는 은빛 낭만이 출렁여 오는 것을 온몸으로 느껴 가며 잠시나마 걸어 보는데 해안가에서 불어온 갯바람에 너울대어 청량한 가을의 진한 풍경이 하늘에도 들에도 물씬댔다.

눈과 마음을 연이어 찰칵거리며 아름다운 경치를 담아 두곤 다시 차를 몰아 성산 어시장을 돌아보는데 온 마을로 해가 돋아났다. 해 뜨는 집과 해 돋는 집, 또 일출식당과 일출호텔 등으로 동네 전체가 수평선 위로 두리둥실 떠올랐다.

그곳 비릿함을 뒤로한 채 선녀들이 목욕을 했다는 섭지코지와 삼성 신화가 전해 오는 혼인지 또 자연적으로 생성된 온평리 포구를 거쳐 모래가 부드럽고 백사장이 원형인 표선 해비치 해변으로 갔다. 염분을 하얗게 머금은 모래알들이 마치 들녘에 비친 햇살에 빤짝거리는 억새가 살랑살랑 물결치고 있는 것만 같았다.

간간이 센 바닷바람이 불어와 외롭게 서 있는 해녀상과 십이지석상을 맴돌아 내 얼굴을 철썩여 댔다. 그 바닷

바람을 가르며 대양을 뒤로한 채 차를 몰아 표선 시가지에 있는 푸줏간에 들러서 바비큐 구이용으로 흑돼지 삼겹살을 샀다.

시간상으로 아직 해가 저물기 전이라 농원으로 그냥 돌아오기가 뭐해 길목인 표선 세화리에 개관 준비 중인 '비엘 바이크 박물관' 을 찾아보았다.

아직 마무리 공사 중이라 인부들과 자재들로 어수선했지만 군데군데 여러 종류의 두 바퀴가 달린 기계와 로봇 또 오토바이 등 전시될 옛 물품들이 산재해 있어 호기심을 자극했다.

현장을 진두지휘하고 있던 최 관장에게 박물관에 대해 관심을 보이자 아직 개봉되지 않은 실내 전시장을 둘러볼 수 있는 뜻밖의 행운을 얻었다. 최 관장 말로는 아직 미개관이라 우리가 최초의 관람자라고 했다.

그 최초 관람자란 말에 뿌듯함과 감사의 마음으로 박물관 내부를 더욱 진지하게 둘러보았다. 아무 데서나 구경할 수 없는 진부하고 값진 소장품들이 종류도 다양하게 체계적으로 잘 전시되어 있었다.

특히 자전거와 모터사이클 등 이륜차의 역사와 흐름을 생동감 있게 느낄 수 있었는데 광장에서 기념 촬영과 시승 체험까지 하고 나니 하얀 억새풀 끝으로 해가 한껏 기울어져 검붉게 노을이 져 있었다. 최 관장에게 고마워하는 마음으로 농원에서 따온 단감 몇 개를 건네주자 씩 웃어 보였다.

서둘러 농원에 돌아와선 일행 모두 바삐 움직였다. 그건 더 어두워지기 전에 바비큐 야외 파티를 준비하기로 한 것이다. 주방에서 양념과 술상을 준비하고 야외에선 가지 친 동백나무 잔가지와 인근 공사 현장에서 모아다 놓은 잔 목재로 불을 지펴 숯불을 만들었다.

이미 가을이 깊어짐에 짧아진 해가 금세 훌쩍 넘어가자 어둠이 빠르게 짙어 와 하늘엔 벌써부터 별들이 총총거려 반짝거리고 있었다. 조명으로 야외 등을 환히 켜곤 참꽃나무와 박달나무 아래에서 지글지글 흑돼지 삼겹살을 구워 내자 구수한 고기 냄새가 농원 전체를 구석구석 파고들었다. 모닥불을 중심으로 모두의 잔에 소주를 채우곤 건배하자마자 단숨에 들이키는데 뱃속이 짜르르하게 전율 쳐 왔다.

“분위기 꽤 괜찮죠?”

“네! 오늘 구경도 참 잘하고 잔디밭에서 이렇게 고기에 술 파티까지 함께할 수 있어 너무 행복해요.”

“여기가 좋으시다면 그냥 눌러 사는 게 어떨까요?”

“그래두 되나요?”

“정말요?”

“물론요.”

술잔을 거듭 비우며 농담 삼아 주거니 받거니 하는데 여자가 분위기에 푹 취해선 단풍 든 얼굴이듯 붉으레한 얼굴로 화사한 미소를 지어 보였다.

“남편은 어쩌고요?”

“제게 남편이 있었나요? 너무 기분에 심취해 깜박했네요.”

“하하! 재치가 만점입니다. 그럼 달마다 한 번쯤 오시면 어떨까요?”

“정말이지 주마다 오고 싶어져요.”

여자는 이미 알콜과 분위기에 취해 있었다. 말은 않지만 여자의 남편이 불편한 심경을 내보이는 눈치였다. 그래서 더는 농담을 하지 않았다.

노랫말처럼 마지막 계절이듯 시월의 정취가 밤 깊어감에 여흥도 한층 무르익어 갔다. 달빛마저 농원을 환희 비쳐 와 모닥불이 벌겋게 타드는 연기 속으로 빨려 들어오는 바람에 누군가를 막 사랑하고픈 마음이 밀려왔다.

적막과 외로움에 익숙한 풀벌레들이 사랑과 알콜이 두런두런거리는 소리에 오늘 밤은 무슨 잔치라도 벌어졌나 하고 구경 나와선 고기 굽는 냄새에 유혹되어 코를 윙윙거렸다.

그러나 마지막 계절 시월의 밤 기온은 몹시 차가웠다. 여자가 추위를 타는지 몸을 웅크리고 있는 게 가냘팠다. 그래도 여자는 정감이 좋은지 분위기를 깨트리지 않으려 꾹 참고만 있었다.

얼른 안에 들어가 잠바를 꺼내 와 덮어 주려 했는데 어느새 남편이 잠바를 벗어 주곤 여자를 남겨 둔 채 먼저 숙소로 들어가 버렸다. 잠바를 든 손이 어찌할 바를 몰라 하다가 남편이 입혀 준 잠바 위에 또 내 잠바를 겹쳐 얹어 주었다.

여자는 본능적으로 몸을 움찔하였지만 이내 잠바를 잡아당겨 몸을 폭 감쌌다. 그 순간 난 여자의 눈빛을 정면으로 훔쳐보고 말았다. 나도 몰래 몸을 흠칫했다. 그건 훔쳐본 여자의 눈빛이 소녀이던 그녀의 눈빛과 꼭 닮아 있었던 것이다.

잠시 뒤 타닥거리며 잔불이 힘을 용쓰면서 여흥이 잦아들고 술과 고기도 다 동이나 하나둘 제 숙소로 들어갔다. 나 역시 술에 흠뻑 취해 있었으나 뒷정리를 확인하느라 맨 나중에 침실로 들어갔다.

그다음 날에 오전 골프를 평소보다 좀 더 이르게 다녀온 여자는 점심 후, 농원 둘레로 나 있는 동백나무 산책길에서 한 움큼이나 동백꽃 꽃씨를 주워 왔다.

"꽃씨를 뭐하게요?"

"화분에 심어 보게요."

"동백꽃은 한 번 피우려면 아주 오래 걸려요. 참을성이 좀 있어야 하는데요?"

"그럼, 기름을 짤래요."

"하하! 겨우 그거 가지고서요? 제가 많이 주워 줄게요."

"같이 주워요!"

"……."

순간 같이 줍자는 대수롭지 않은 말에 난 어젯밤처럼 또 몸을 흠칫하고 말았다. 짜릿한 착각의 전율마저 일시에 온몸으로 흘러들어 왔다.

"아까 점심을 너무 급히 먹어 속이 더부룩한데 혹시 사이다 같은 거 있나요?"

"탄산음료 있어요. 드릴까요?"

"좀, 주세요."

"잠깐만요."

운영이 적자여서 농원 한가운데에 있는 매점을 얼마 전에 폐쇄해 버렸다. 하지만 매점엔 팔지 못한 음료와 과자류가 많이 남아 있었다. 그 매점을 열어 여자에게 사이다와 유사한 탄산음료를 건네주었다.

"고마워요."

"얼굴이 아주 고와 보여요."

"후후! 얼마 전만 해도 동안이었는데 이젠 본 나이보다 더 들어 보인다는데요?"

"아직은 아닌 것 같은데……."

"이거, 양이 좀 많네요. 같이 나눠 마셔요!"

매점 안 창가로 가을 햇살이 스며와 여자의 몸을 감싸고 있었다. 매점 창가 뒤로는 야생화 하얀 구절초가 있었고 일곱 송이 수선화가 있었다.

거듭된 여자의 '같이' 란 말에 유혹된 나는 메아리 요정을 외면한 잔인한 나르시스가 되어 그 여자로부터 극렬한 연민을 느끼고 말았다. 그러나 그건 신들로부터 버림받아 결코 가질 수 있거나 이룰 수 없는 감정이었다.

내가 소녀의 눈과 닮은 눈을 가진 그 골프 여자를 좋아했음을 알게 된 것은 바로 그다음 날 아침이었다.

난 전날 동백꽃 산책길을 밤늦게까지 뒤져 가며 산밤처럼 까맣고 조그마한 꽃씨를 주워 모았다. 같이 꽃씨를 줍자는 여자의 말이 환청처럼 내내 귓가에 맴돌아 떠나질 않자 고심 끝에 여자가 채우다만 비닐봉지에 꽃씨를 가득 채워 주기로 작정한 것이다.

하지만 밤이 너무 깊어져 꽃씨가 가득 담긴 봉지를 직접 전해 주기가 적절치 않았다. 또 다음 날은 새벽같이 떠나기로 되어 있어 여자의 숙소 앞에 고이 갖다 놓기로 했다. 그러면 새벽에 이를 보고 내 마음이 담긴 꽃씨 봉지를 가져가리라 믿었다.

그러나 그건 나만의 착각이었다. 골프 여자가 이른 아침에 떠나자 마자 숙소로 맨 먼저 달려가 보았지만 숙소 앞에 두었던 꽃씨 봉지가 방 안에 옮겨진 채 고스란히 놓여 있었다. 보일러가 밤새 틀어져 있었는지 꽃씨에 뜨거운 열기만 달아 있었다. 그 모습은 벌거벗은 내 마음이 아무렇게나 뎅그렁 내팽개쳐 있는 것과 아주 흡사했다.

난 무얼 해야 할지 몰라 잠시 멍해 있었다. 이걸 어찌 받아들여야 할지 혼동했다. 혹시 잊어버린 건 아닌지, 아니면 너무 무거워서 그랬는지, 그것도 아니면 설마 무시당한 건 아니겠지? 오만 잡생각이 다 들었다.

한참을 주저앉아 달궈진 꽃씨를 만지작거리다가 일어나 동백나무 울창한 산책길을 걷기 시작했다. 한 발짝 한 발짝 빛바랜 잎새를 지르밟으면서 꽃씨를 한 움큼씩 쥐곤 제 나무밑동에 다시 흩뿌려 주었다.

섬사랑

무슨 연유인지 소녀를 그리는 마음이 마냥 부풀어만 갔다. 그 때문에 농원 일이 손에 잡히지 않아, 아예 싹이 돋기 전에 뿌리채 도려내려 했지만 오히려 거부하면 거부할수록 마음만 더 심란해 왔다.

하루는 아직 새벽임에도 잠을 이루지 못해 그대로 일어나 농원 후면으로 오래전부터 조성해 놓은 무밭에 나가 보았다. 새벽빛이 어슴푸레한 가운데 얼마 전 새로 뿌린 씨가 골마다 잎이 무성해져 하얀 열무가 굵어져 나오고 있었다. 옅은 안개가 희뿌옇게 조금씩 깨어나고 있는 골을 따라 열무 속을 일일이 뒤져 가며 솎아주고 나니 제법 한 바구니나 되었다.

그걸 주방에 가져와 하나하나 다듬어 소금에 절인 후

열무김치를 담그는데 청정수에 태양초가 금세 녹아들어 국물이 붉어지면서 입맛을 한껏 돋우어 왔다. 간을 보려 한입 물자 신선함과 청초함이 어우러진 풋풋함이 아려 왔다.

그 열무김치를 바이오킵스 용기에 담아 김치냉장고에 넣고 나서도 심란한 마음이 풀리지 않아 농원 후미로 개천 너머에 있는 흥국농산으로 바람이라도 쐴 겸해서 다시 나가 보았다. 흥국농산은 한겨울이면 월동무를 가공하여 뭍으로 내보내는 가공공장인데 밭마다 무들이 한창 커 가고 있어 이를 지켜보는 마음들이 점점 더 바빠져 가고 있었다.

더욱이 올 채소 값이 폭등한 관계로 출하 가격을 올려 받을 수 있다 하니 '무들아, 어서어서 무럭무럭 자라기만 해다오.' 학수고대하고 있다.

"올해는 무 농사 대박 나겠어요?"

"대박은 무슨 대박? 요즘 월동 채소들이 대량 출하되는 바람에 값이 다시 곤두박질쳤다는데요."

"그래도 작년보다는 낫겠죠?"

"낫기야 낫겠지. 하지만 무 심기 전에 감자를 심었잖아요. 그 감자 농사 심자마자 때 아닌 장마가 쏟아붓는 통에 다 망쳤수다. 그 손해가 얼만지 아요?"

"조금만 더 늦게 심지 그랬어요. 건너편 김씨네는 감자 농사가 아주 잘되었다는데."

"그걸 누가 알았수까? 한 일주일만 기다렸어도 감자 캐어 팔고선 또 무를 심었으면 딱 좋았죠. 올핸 비가 정말 너무 많이 왔어요."

홍국농산 여사장이 감자 심는 시기를 잘못 잡는 바람에 씨감자와 장비 대여료 및 인건비로 큰 손해를 입었다 하며 씁쓸하게 입맛을 다셨다.

"어디 무 솎을 데 없어요?"

"뭐하게요?"

"솎아 낸 열무로 김치 좀 담아 보게요."

"어제까지 인부 들여서 거의 솎았는데, 아참! 몇 군데 솎다 만 곳이 있긴 한데 한 번 해 볼 테요?"

"그럼요, 제가 할게요."

내가 밭일을 할 거라곤 전혀 예기치 못했다는 투로 홍국농산 여사장이 지정하여 준 밭에서 무를 솎는데 골마다 듬성듬성 살아남은 씨감자에서 싹이 돋아나와 무와 한데 뒤엉켜 있는 게 꽤나 많았다.

그냥 두었다간 감자도 무도 자리싸움하느라 둘 다 뿌리내리지 못해 제대로 자라나지 못한다. 어느 하나 싹을 뿌리째 제거해 줘야만 했다. 그러나 작황도 다 때가 있는

법이다. 이미 월동기로 접어들었으니 추위에 약한 감자를 뽑아 버려야만 했다.

또 파종 때 뿌린 씨앗이 자주 겹치다 보니 두 무가 동시에 자라난 경우도 많았다. 그건 무로선 생사가 걸려 있는 문제였다. 서로 상대 진영을 밀쳐 내기 위해 용쓰느라 제 살과 뼈들이 허옇게 드러나 있었다. 그 둘 중 비실하거나 성장이 더딘 하나를 솎아줘야만 했다.

"골마다 씨감자가 싹을 낸 게 너무 많네요."

"생각할 것 없이 죄다 뽑아 버려요. 어차피 한파가 닥치면 다 시들거든요."

"아깝네요. 올 야채 값이 금값인데."

"속이야 쓰리지만 어쩔 수가 없잖아요. 무 하나라도 제대로 키워야죠."

"하여튼 홍국농산은 부자라니까요."

"뭔 말씀을요. 농원이 더 부잔데. 우린 힘들게 농사져도 제 경비와 인건비를 빼면 속빈 강정이죠."

"생각보단 솎을 게 너무 많아서 우리 식구를 더 동원시켜야 할까 봐요."

"그야 좋죠. 대신 솎은 건 가져가셔서 김치 담그세요. 요때쯤 자란 잎이 순하고 아삭아삭해서 참 맛있어요. 우리도 어제 많이 담가 났어요."

"그래 주시면 고맙네요."

"무슨 말씀을요, 품삯이 안 드니 지들이 더 고맙죠."

전화로 주방장까지 불러내 서너 시간을 더 솎는데 포대자루로 두 자루나 가득 채워졌다. 허리가 저려 기지개를 키는데 손톱 틈새로 새까맣게 검은 화산토가 끼여 흉해 보였다. 뾰족한 나무 조각으로 일일이 손톱 틈새를 후벼 보았지만 시커멓기는 여전했다.

처음엔 단순히 심심풀이로 여겼을 뿐인데 이게 일거리가 커지면서 노동일이 되고 말았다. 내가 먼저 해 보겠다고 호언장담했던 터라 도중에 하다 말 수도 없었다.

결국 자원봉사가 아니라 품앗이가 되어 솎아 낸 열무를 품값으로 대신 받은 걸로 쳤다. 모두 주방으로 가져와 일일이 손으로 다듬어선 여러 종류의 김치를 만들어 낸 후 김치냉장고에 가득 채워 놓고 나니 그제야 심란한 마음이 풀리면서 부자라도 된 것처럼 뿌듯했다.

뒷정리로 다듬고 버려진 열무 잎사귀 한 움큼을 들고선 사슴장으로 갔다. 몇 해 전 어린 사슴 암수 한 쌍을 얻어와 농원 한쪽에 울타리를 치고 키우는 중인데 이젠 제법 크다. 그 사슴들도 상큼한 열무 잎사귀를 좋아했다. 먹이로 신선한 잎을 넉넉히 넣어 주자 눈을 초롱초롱거리더니 이내 성큼성큼 걸어와 입을 씰룩거리며 맛있게 먹어 댔다.

어느 땐 좋아하는 먹이를 디밀어도 한곳에서 꿈쩍도 않을 때가 있다. 목이 길어서 슬프다는 눈조차 미동도 않고 멍해 있을 때에는 다른 가축과는 확연히 달라 보이는 그 고상한 모습이 정말 바보 같아 보인다. 그건 아마 무엇이든 마음가짐에 따라 달리 보이는 생각 차원일 게다. 우리네 사람의 삶도 마찬가지가 아닐까 여겼다.

이따금 워잉! 워어잉! 하며 울부짖는데 특히 한밤중에 들으면 그 울음소리가 누군가를 애타게 찾는 것만 같아 심금을 울려오기도 한다.

그 사슴장 곁으로 수석들이 즐비하다. 모두 화산석이다. 제주에 정착하며 모아 둔 것이니 개수로는 헤아릴 수 없이 많다. 농원 곳곳마다 꽃나무와 어우러지게 전시해 놓았다. 구경하는 손님들마다 모두 탐을 내곤 하지만 하나도 잃지 않고 여태 그 자리에 그대로 잘 보존되어 있다.

어느 건 모양새가 사람이나 동물을 너무 닮아 있어 한밤중에 무심코 순찰을 돌다가 깜짝깜짝 놀란 적도 있다.

제주 화산석은 저마다 크고 작은 숨구멍이 숭숭하다. 또 돌꽃 문양이 마치 생화 같기도 하다. 수십만 년 전부터 심해에서 분출한 용암이 풍화작용을 거쳐 숲을 낳고 생명을 지켜 온 위대함을 엿볼 수 있다.

발부리에 차이는 작은 돌멩이 하나에도 저마다 들끓으며 용솟음치던 탄생의 신비가 고이 서려 있으니 참으로 경이로운 화산섬이다.

그래도 돌은 같은 돌이런만 예쁘게 치장된 수석과 담이나 묘를 둘러싼 돌과는 그 느낌과 존재 가치가 확연히 구분된다. 그건 바로 사랑을 받고 안 받고의 차이다. 사랑을 먹고 사는 수석은 사람의 손길과 눈길이 서려 있어 그 자태가 더욱 고와 보인다. 반면 풍진세상 바람막이나 물막이로 사람이 살아서는 물론 죽어서까지 보호하느라 희생된 돌은 그저 무관심에 잡석으로만 도외시될 뿐이다.

내가 아는 지질학자 중에 화산연구가가 있다. 그의 말에 의하면 가끔은 화산석과 대화를 나눈다고 한다. 그러나 그건 대화가 아니라 자신만의 느낌이란다. 그 느낌만으로 진실을 주고받을 수만 있다면 얼마나 좋을까? 왜냐면 태고의 신비스러운 잉태를 모두 들어 볼 수 있어서다.

이튿날은 하늘이 전면 대청소라도 한 것처럼 구름 한 점 없이 아주 쾌청한 공휴일이었다. 이른 아침부터 숙소 손님들을 모두 관광 내보내고 나니 시간적 여유가 생기면서 문득 우도 섬에 가 보고 싶은 충동이 일었다.

농원에 있던 자전거를 봉고차에 싣고 곧장 성산항으로

나가 다시 도항선에 옮겨 싣고선 우도로 들어갔다. 거리
가 얼마 안 되어 짙푸른 물살을 가르며 몇 분 만에 우도
선착장인 천진항에 내리니 섬 전체가 커다란 배이듯 파
도에 새하얗게 출렁여 왔다.

쪽빛과 검은 갯바위와 돌담 그리고 올레의 상징인 간
세가 사람과 자전거와 스쿠터를 함께 어우르는 느릿한
절경 속에 그만 온 마음이 빠져들고 말았다.

쇠물통 언덕 너머 세상은 온통 파란 하늘과 바다뿐이
어서 마치 세상의 전부가 다 모인 듯 검게 식어 버린 용
암과 빛바랜 초록 들판만이 평화롭게 지켜 서고 있었다.

해안 따라 자전거 페달을 밟아 가는데 곱게 부서진 홍
조류의 파편들이 일궈 낸 서빈백사와 해녀의 집이 나왔
고 거기서 얼마를 더 달려가 하우목동 포구에 들어서니
한 노인이 줄낚시를 들이대고 있었다.

"뭐가 좀 낚이나요?"

"청어하고 가자미, 다 잔챙이라."

"그래도 많이 잡으셨네요."

"오늘 안주 당번이라 더 잡아야 해."

"안주 당번이 뭐래요?"

"우리 노인네끼리 저녁마다 심심들 해서 한잔들 하려
는 거지. 매번 순번을 번갈아 정해 미리 안주거리 낚아

두는 거야."

"고깃배들은 없고요?"

"섬사람이라고 다 배가 있나? 고기 잡아서들 먹을 게 또 어디 있어? 어판장에 다 내줘야지. 우린 땅콩을 일구잖아. 작지만 아주 고소해."

"와! 게도 잡았네요?"

"이거 눈먼 게이라. 가져갈쳐?"

"아녀요. 그냥 보는 거래요."

작은 양동이에 갇힌 청어와 가자미에 손가락을 대자 파닥거리는 게 아직도 힘이 차 있었다. 더는 바다를 누비지 못할 것임을 생각하니 측은함이 들었다.

낚시하는 노인의 말에 의하면 술안주로 삼으려는 것은 미식이나 배고픔이 아니라 무상한 세월에 광활한 비릿함을 잃지 않으려 함이라고 했다.

그 우도 노인에겐 바다는 곧 삶의 원동력이었다. 팔딱이고 굼틀대는 힘으로써 자신이 살아 있음을 느끼고 자각하려는 것이다.

내가 괜찮다는데도 노인이 꾸역꾸역 싸 주는 게를 자전거 장바구니에 싣고 다시 페달을 힘차게 밟아 해안도로를 달렸다. 비린 바다와 풋풋한 하늘이 맞닿아 있어 바다인지 하늘인지 한 몸이었다.

조랑말을 탄 돈키호테가 나아가듯 앙상한 간세를 탄 나는 자전거와 싱싱한 바람을 몰아 올레 따라 늘 푸른 바다와 하늘을 향해 달려갔다.

비경과 절경에 젖어 한참을 달리니 비양동 포구와 영일동 포구를 막 지나면서 오르막길이 나왔다. 그 오르막길을 오르는데 힘이 부쳐 바다 경관이 내다보이는 곳에 자전거를 세워 놓고 잠시 쉬었다. 시퍼런 파도가 쉼 없이 철썩이는 해안가 쪽으로 검멀레 해수욕장과 동안경굴에 몰입하고 있는데 문득 배가 출출해 왔다.

그때 뒤쪽으로 ‘섬사랑 편의점’ 이 눈에 띄며 아리따운 젊은 여자의 모습이 속눈을 파고들었다. 핫도그를 연신 굽고 있었다. 그 옆으로 음료도 컵라면도 땅콩도 보였다.

편의점 여자의 맑은 눈빛 따라 유혹당한 마음이 성큼 성큼 다가가는데 우도팔경보다 더 예뻐 보였다.

“저……?”

“뭐가 필요하세요?”

말을 주저하는데 주인 여자가 활짝 핀 꽃처럼 미소 띤 온 얼굴을 내게 디밀어 왔다.

“혹시 미스 우도세요?”

“예?”

“우도에서 제일가는 미인이시라고요.”

"……."

의아해하는 편의점 여자가 속뜻을 알아채지 못하였는지 눈을 흘깃하며 야릇한 미소만 지어 보였다.

"발이 여기서 절로 멈추더니 뱃속까지 난리네요."

"그럼 어쩌죠?"

"제 배는 아주 소박해서 캔맥주랑 컵라면이면 딱 눈감아 줘요."

"뭘 눈을 감아 준데요?"

"제 마음이 우도 미인에 외도를 당했거든요."

"……!"

편의점 여자가 말은 않지만 싫지 않다는 표정이다. 캔맥주와 온수를 부은 컵라면을 내온 눈웃음이 햇빛에 반사되어 더 화사하게 내 눈으로 마구 튕겨 왔다.

"성읍에 오면 농원에 들러요."

"거기 가면 뭐가 있데요?"

"밭에 채소 많아요. 올해는 채소 값이 아주 비싸잖아요. 와서 맘껏 뜯어 가요."

"정말요?"

"그럼요, 제가 심은 걸요. 정성 들여 가꾼 거라 아주 달고 아삭해요. 대신 커피는 서비스입니다."

"호호! 요즘 공짜가 어디 있데요. 미리 선불로 드린 거니 나중에 마음이든 채소든 그냥 가져가도 되겠죠?"

"하하! 그야 물론이죠."

마치 편의점 여자가 오랜 친구 같았다. 내가 떠나며 껌벅 눈짓을 하자 덩달아 깜박 눈짓을 해 왔다. 얼굴을 익히려 몇 번을 돌아서며 손짓하자 매번 따라서 손도 흔들어 주었다.

"꼭 들러요!"

"네!"

마치 자전거에 해맑은 섬사랑을 태운 듯 두 바퀴가 날아가는 기분으로 자전거를 이끌고 망동산을 돌아 주간명월이 있는 해식동굴 위를 지나 우도봉에 오르는데 길이 무척 가팔랐다. 그나마 다행인 것은 미끄러지지 않도록 흙길에 격자 고무판이 깔려 있었다.

휴일이라 우도봉에 등정하는 인파가 붐볐다. 외국인도 뒤섞여 있었다. 자전거를 이끌고 우도봉에 오르는 사람은 아무도 없었다. 마치 예수가 못 박힐 십자가를 어깨에 메고 골고다 언덕을 고난 속에 오르듯 자전거를 떼어 놓지 못하고 땀을 뻘뻘 흘려 가면서 힘들게 끌고 메며 우도봉 정상까지 오르는데 외국인 하나가 이색 장면이라도 하나 찍으려는지 카메라를 들이대곤 오르는 내내 내 꽁무니를 놓지 않았다.

어느 누가 또 이 정상에 자전거를 데려올 생각을 할까 의문이 들었다. 그만큼 보기 드문 등정이 아닌가 하며 나름대로 의미를 부여해 가면서 우도봉 정상 바위에 우뚝 올라서 양팔을 활짝 벌리자 영화 속 장면처럼 광활한 대양이 눈앞에 펼쳐 왔다.

황홀경에 숨을 크게 내쉬곤 만세 부르듯 자전거를 머리 위로 높이 쳐들어 올렸다. 그러자 오르는 사람마다 그 모양새에 뭔 이벤트를 하려는가 하고 의아들 했다. 그중 일부는 호기심이 들었는지 아니면 내 의도를 알아챘는지 양팔을 펼쳐 따라 하는 이들도 있었다.

그중 빨간 옷을 입은 한 여자가 내 마음까지 들여다봤는지 멈추질 않고 계속 따라하고 있었다.

"제가 하라는 대로 해 보실래요?"

"또, 어떻게요?"

여자가 마치 계시라도 이어받으려는 듯 내 말이 떨어지길 기다렸다는 듯이 환한 미소를 지어 보였다.

"앉아 봐요!"

그러자 여자가 대꾸 없이 곧장 따라 앉았다.

"일어서요!"

이번에도 여자가 곧장 따라 일어섰다. 마치 훈련 같기도 하고 벌세우는 것 같기도 한데 여자는 군소리 없이 오히려 재미있다며 밝게 웃어 가면서 시키는 대로 따라서 했다. 어느새 사람들이 구경거리라도 생긴 것처럼 모여 웅성댔다.

"영화 타이타닉 보셨죠?"

"예! 두 번이나 봤어요."

"거기서 나오는 장면은 배 맨 꼭지에서 바다를 향해 양팔을 펼쳐 드는 거잖아요."

"나두 알아요. 지금 똑같이 팔을 펼쳐 볼까요?"

이젠 여자가 앞서 대며 흥까지 돋아 댔다.

"아니요, 여긴 배가 없잖아요! 그 대신 바로 이 자전거 안장에 올라서 보는 거예요."

"그건 좀 무서울 것 같은데……?"

"하하! 하나도 걱정 마세요. 내가 발목을 꽉 붙잡아 줄 테니 저 짙푸른 대양을 향해 양팔뿐만 아니라 온 마음까지 활짝 펼쳐 보세요. 아마 무아지경에 이를 겁니다."

그러자 여자가 무슨 말인지 알아듣곤 얼른 따라 했다. 조금은 불안정했지만 내 도움을 받아 자전거 안장에 한 발씩 한 발씩 두 발을 올려놓으며 곧바로 무릎을 펴고 반듯이 일어서더니 자전거 발치 아래 절벽 밑으로 온몸뿐 아니라 온 마음까지 활짝 펼쳐 대자 광활하고 짙푸른 바다 풍경이 눈부신 햇살에 섞여 여자의 온몸으로 파고들면서 마음속이 뻥 뚫려 왔다.

"기분이 어때요?"

"네! 너무 통쾌, 상쾌해요!"

여자의 둔탁하던 목소리가 금세 맑아지고 경쾌해졌다.

"무슨 말이든 한마디 하세요."

"사랑합니다!"

"누구를요?"

"저를 알고 있는 이 세상 모든 사람을요."

여자의 마음은 예전에 한 번도 느껴 보지 못했던 황홀감에 이미 행복해 있었다. 그 광경에 이심전심으로 같은 공감을 느낀 지켜보던 많은 관광객들이 동시에 박수를 크게 쳐댔다. 그러면서 그 체험을 서로 먼저 해 보려 여러 명이 신청해 왔다. 뒤늦게 올라온 이들은 그 이벤트가 유료인 줄 알고 얼마냐며 값을 물어 오는 이도 있었다.

그때 검멀레 해안 절경 위로 섬사랑 편의점이 희미하게나마 내려다보였다. 순간 바람처럼 내 머리를 스쳐 오는 게 있어 얼른 핸드폰을 꺼내어 편의점 여자에게 전화를 걸었다.

"또, 왜요?"

"제가 손 흔드는 거 보여요?"

"어딘 데요?"

“전면에 우도봉요.”

“어! 가물가물해요.”

“그럼, 자전거는요?”

“아! 보여요. 벌서는 건가요? 왜 힘들게 들고 있어요?”

“두 바퀴로 가는 세상을 보여 드리려구요.”

“뭔, 세상요?”

“좋아하고 아껴 주는 사람끼리 더불어 사는 세상요!”

“흐……!”

다소 멀어서 뚜렷이 보이지는 않았지만 편의점 여자가 분명 사랑의 메아리에 흠뻑 취해 있음을 수화기 너머 홍분된 목소리로 전해 들을 수 있었다.

외도

비록 한순간이었지만 본의 아니게 소녀를 그리던 마음이 외도하는 사건을 두 번이나 겪기도 했다. 그 첫 번째 외도는 바로 k가 우리 농원을 찾아오면서였다.

당초 내가 소녀와 가까이 사귈 때 소녀와 친구이던 k도 같은 산악회 회원이었는데 그때 k는 나로 인하여 홀로 남모를 가슴앓이를 하고 있었다.

그저 멀찌감치 지켜서만 보고 있던 k는 내가 군에서 제대하자마자 마치 기다렸다는 듯이 소녀의 바람난 스캔들 소식을 제일 먼저 전해 주었다. 그런 k 역시 소녀만큼이나 참하고 예쁜 모습을 지니고 있었기에 내가 잠시 흔들리는 모습을 보였던지 그걸 기화로 나를 소녀로부터 떼어 놓으려 들었다. 하지만 소녀를 담아 둔 내 마음 그릇이 너무 꽉차 있다 보니 k의 애달파하는 마음이 조금도 빈틈을 찾아들질 못했다.

그런 k가 우리 농원으로 휴가차 놀러 오면서 같은 여자 친구를 하나 데리고 왔다. 오랜만에 보는 k는 예전보다 몸이 약간 비대해진 반면에 요즘 한창 잘나가는 인기 모델이라는 k친구는 키가 월등히 크고 날씬했다. 또 k는 얼굴이 계란형 미인인데 반해 k친구는 둥근 사과이듯 예쁜 인형과도 같았다.

한 인종이 그렇게 다르듯 한 나무에 공존공생하면서 제 모습이나 색상이 전혀 다른 꽃들이 있다. 그건 무늬동백과 겹동백이 그렇고, 더욱이 흰동백과 붉은동백은 한 가지에 피어나면서도 별종이듯 상반되는 경우가 종종 있다.

그러나 사람이든 동백이든 마음에 숨겨 둔 게 하나씩 있다. 그것은 누군가를 죽도록 사랑하고픈 게다. 바로 땅속 용암처럼 뜨거운 열정이기도 하다.

내가 한동안 잊고 있던 사랑의 열정을 다시 불살은 것은 꽉 짜여 있는 일정 중 k의 요청으로 잠시 짬을 내어 농원 앞산인 영주산에 데려가면서였다.

말발굽 형태로 제주에서 몇 안 되는 명산인 영주산 입구로 k와 k친구를 데려가기 위해 농원 앞 도로를 막 건너던 도중 도로 한복판에 가출한 집닭 한 마리가 붉은 볏을

세운 채 어디로 가야 할지 몰라 우왕좌왕하고 있는 게 보였다.

한눈에 길 건너편 초가집 닭임을 알았다. 그 집에 그물로 둘러쳐진 닭장이 있는 걸 본 적이 있는데 거길 뚫고 탈출한 모양이었다.

"꼬꼬댁! 꼬꼬!"

집닭이 전자게임을 하듯 쏜살같이 달려드는 차들을 용케 피하고 있었다. 차량 통행이 그리 많지는 않았지만 어느 차엔가 꼭 치일 것만 같아 보였다. 그 모습을 방관하고 있자니 상황이 불안불안했다.

"위이! 워어이!"

너무 위태해 보여 내가 급히 소릴 지르고 두 손까지 휘저어 가면서 그 집 닭을 제 집이 있는 길 건너편 초가집 쪽으로 몰려고 했다.

그러나 문제는 닭이 아니라 k친구였다. 나를 돕겠다며 교통사고 위험을 무릅쓰고 길 따라 요리저리 닭 꽁무니를 쫓다가 순간 뒤에서 달려오던 차가 끽! 하는 급정거 소리에 놀라 그만 갓길에 엎어지고 만 것이다.

"엄마야!"

k친구의 여린 손바닥이 거친 아스팔트 바닥에 깔려 있는 조사에 밀려 짙은 선홍빛이 비쳤다.

"다치지 않았어요?"

"흐흑!"

"조심하셔야죠! 닭 쫓다 사람 잡을 뻔했잖아요?"

"제가 가끔 이래요."

"뭐가요?"

"잘 넘어진다고요."

k친구가 피멍든 손바닥을 입김으로 호하더니 이내 내게 화사한 미소를 지으며 말했다. 그 미소는 아직 터트리기 전의 신비한 꽃망울과 같이 순수해 보여서 나도 모르게 훔쳐보다 들킨 마냥 몸을 움찔했다.

가슴마저 덩달아 두근두근대는 내가 얼른 손을 붙잡아 주자 엉거주춤 일어나선 아픈 표정을 지어 가며 옷가지에 묻은 흙먼지를 툭툭 털어 냈다.

"괜찮겠어요?"

"조금 아파요!"

"어디 봐요. 이런 큰일 날 뻔했네요."

"죄송해요."

"죄송하긴 뭐가 죄송해요. 다 저 때문에 생긴 일인데요. 아무튼 천만다행에요."

"……."

걱정해 주는 내 말에 아픈 걸 잊어버렸는지 k친구가 환한 웃음만을 지어와 나도 모르게 덩달아 따라 웃어 가며 다시 길 건너편으로 영주산 입구로 향했다.

평소 많이 다녀 본 길에 익숙한 터라 지름길로 우회하기 위해 소로를 막 가로지르는데 이번엔 인근 저수지 개발 현장에서 파낸 흙을 싣고 나오는 덤프트럭이 길을 꽉 매운 채 달려왔다.

길 한쪽은 감귤원과 맞닿은 검은 돌담이고 그 반대쪽은 검은 돌이 수북이 깔려 있는 소하천이었다. 시간상 피할 데가 마땅치 않아 셋 다 검은 돌담에 바짝 붙어 몸을 웅크리고 있는데 트럭을 무섭게 내몬 큰 타이어가 속도를 줄일 생각이 전혀 없다는 듯이 굉음에 가속을 내더니 파인 도로에 고여 있는 작은 물웅덩이를 덮쳐 버렸다. 순간 흙탕물이 높이 튀어 올랐다.

"고개 숙여!"

지뢰라도 밟은 양 내가 소리쳤다.

"엄마야!"

k친구가 놀라는 소리가 제일 컸다. 모두가 본능적으로 등을 돌린 채 얼굴을 두 손으로 가렸다. 그때 높이 튄 흙탕물 파편 조각이 하필 우리 중에 키가 제일 큰 k친구의 등에만 수두룩하게 내리꽂혔다. 새하얀 블라우스에 갈꽃이 바람에 흐느적이듯 마구 그려진 것이다.

항구를 떠나는 배이듯 무책임한 트럭은 이를 아는지 모르는지 k친구 등에 갈꽃만 피워 내곤 게다가 매연까지 뿜어 대며 곧장 시야에서 사라졌다.

"어머! 이를 어째!"

k가 제일 먼저 그 갈꽃을 발견하곤 얼굴 반은 놀라면서도 얼굴 반은 웃음이 금방 터질 듯 눈망울을 별처럼 초롱댔다.

"엉! 엉!"

"너무 걱정 마요, 이따 세탁해 드릴게요."

속상하기보단 순간 포착이 그리 정확할 수 없는 놀라움에 장난 섞어 가며 우는 표정을 짓는 k친구를 나 역시 표정 반은 걱정이면서도 반은 너무 황당해 의미심장한 미소가 지어졌다. 그 전경은 화랑에 전시된 명화를 감상하는 것과도 같았다.

전광석 같은 아주 잠깐의 순간이 갯바람을 타고 휙 지난 후 그 광경에 k나 나나 걱정하기보단 웃음보를 더는 참지 못하는 걸 k친구가 흘겨보더니 아예 같이 대놓곤 깔깔거리며 웃어 댔다. 그 모습은 구름 하나 없는 푸른 하늘에 갈꽃들이 활짝 핀 모습이었다.

추스른 마음에 거듭 요란스럽게 수다를 떨며 영주산 입구로 막 들어서는데 잎겨드랑이에 자주색의 꽃이 피는

개솔새과 줄기 끝에 부채꼴로 작은 이삭이 촘촘히 달리
는 억새풀 또 제비꽃과 양지꽃과 쇠서나물 그리고 사데
풀과 개쓴풀과 실망초 등이 햇살 아래 편백나무에서 마
구 뿜어져 나오는 천연 피톤치드를 만끽하고 있었다.

그 편백나무를 끼고 돌아선 등산객을 위해 새로 개설
된 탐방로 데코를 하나하나 계단 오르듯 오르는데 우리
일행을 물끄러미 바라만 보던 방목된 조랑말 하나가 강
아지처럼 꼬리를 좌우로 흔들며 어슬렁어슬렁 다가왔
다. 그 적갈색 아기 조랑말이 k친구 엉덩이에 코를 킁킁
대더니 낯선 이방인 냄새를 익히려는지 온몸 여기저기를
더듬어 댔다.

그러자 k친구는 무서워서인지 꼼짝달싹 못했다. 내가
괜찮다 하여도 이미 오금을 저린 표정이다. 잠시 방관한
채 그 모습을 지켜보는데 또다시 웃음이 금방 터져 나왔
다. 참다못한 k친구가 폴짝폴짝 뛰며 달아나자 조랑말이
떼쓰듯 히이힝! 소릴 내더니 k친구 뒤를 쫓았다.

하지만 k친구가 몇 걸음 달음질을 못하곤 그만 덫이라
도 걸린 마냥 가시덤불에 발목이 채이면서 철퍼덕 넘어
졌다. 그 엎어진 채 눈을 떠 보니 바로 코앞에 조랑말이
배설한 채변이 큼직하게 놓여 있었다.

"으악! 똥이다!"

"그건 똥이 아니라 풀이에요."

"똥이잖아요? 으! 냄새!"

"아니! 풀 냄새라니까요?"

아무리 조랑말일지언정 변은 변이었지만 소화시킨 건 오직 풀뿐이라 냄새가 구리지 않고 도리어 풋풋했다. 내 말을 새겨들은 k친구가 그래도 미심쩍은지 채변이 닿은 손을 코에다 대고 킁킁거리며 냄새를 맡았다.

"정말이네요!"

"크크! 봐요."

"호호!"

웃음을 채 다물지 못하고 키득거리며 다시 산자락을 거슬러 탐방로를 마저 오르는데 나무 계단이 끝나는 능선 초입에 자연 그대로의 넓은 평원이 조성되어 있었다. 그 평원에 방목된 한우와 말이 풀을 일정하게 뜯어먹어 초지가 잘 다듬어져 있었고 한 면이 둥근 공이라도 떨어지면 제자리로 되돌아오게끔 경사져 있어 골프연습장으로도 안성맞춤이었다.

평소 그곳에 올라 수시로 공을 때려 본 내가 미리 준비해 간 골프채와 골프공 여러 개를 꺼내들었다. 하얀 공을 풀밭에 올려놓은 다음 힘껏 임팩트했다.

"딱!"

　나와 k 그리고 k친구가 번갈아 가며 휘두른 여러 개의 골프공이 맑은 굉음을 내며 능선으로 날아갔다가 경사진 곳에 떨어져선 다시 되돌아 굴러왔다.

　그런데 유독 k친구가 친 공만이 방향이 잘못되었는지 자꾸만 엉뚱한 곳으로 날아갔다. 하나둘씩 공을 잃더니 결국 마지막 공까지 허공으로 튀어 올라 옆 능선 아래로 구르면서 찾을 수 없는 곳으로 숨어 버렸다.

　"나만 왜 이런데요?"

　"머리가 나쁘니 골프공도 당연 삐치지. 집중력 따라 공 간다는 말 안 들어봤어?"

　k가 웃으며 농으로 제 친구를 놀려 댔다.

　"그래도 학교 다닐 때 장학생이었거든!"

　k친구가 질세라 k에게 입을 삐죽거리며 역시 농이 깃든 맞장을 떴다.

　"공부하고 사랑하고는 영 달라요!"

　내가 그 둘 사이를 비집고 끼어들었다.

　"뭐가 다른데요?"

　"공부는 머리로 하지만 사랑은 마음으로 하잖아요. 머리만 갖고 공치는 건 정서가 불안정해서 어디로 튈지 모르거든요. 하지만 애정을 갖고 치게 되면 마음이 훨씬 안정이 되어 곧게 모아져 날아간답니다."

"정말요?"

"그럼요!"

나의 간언귀감에 먹혀든 k친구가 고개를 끄떡이며 새삼 감탄하는 표정을 지었다. 그 얼굴 표정은 새로운 도전 의식이라도 얻은 마냥 상기되어 있었다.

공을 모두 잃은 섭섭함에 골프채로 풀섶을 헤쳐 가며 다시 능선 중턱을 오르는데 대피소 같은 콘크리트 박스 구조물이 보였다. 호기심이 일어 케케한 쩐내가 나는 입구로 들어가 보니 문짝이 없는 창문이 나 있었다. 그 창문 너머로 아래를 내다보는데 한 곳이 훤히 비쳐 왔다.

그곳은 바로 동백나무, 전나무, 편백나무, 참꽃나무, 야자수 등 울창한 수목이 한데 어우러진 우리 농원이었다. 한때 그 위세가 대단하여 단체 여행객들이 하루가 멀다 하게 번갈아 몰려와서 끊임없이 와글와글대던 곳이다.

밤이면 야경이 더 화려하여 캠프파이어 불꽃이 멀리 일출봉까지 비춰졌다. 그 불꽃 열정에 휩싸였던 그때 그 시절이 생각나 가슴이 뭉클했다.

그 전성기가 쇠진되어 지금은 연로한 단골들로 하여금 겨우 명맥을 이어 가고 있다. 이젠 그나마도 세간으로 하여금 잊혀져 가는 중이다. 잠시 옛 영욕에 젖어 회상을 해 보는데 핸드폰이 울렸다.

"어디세요?"

농원 매점에 음료와 과자류를 납품하는 업자였다.

"영주산요."

"물건 반납하실 건가요?"

"물론이죠."

"그럼 언제 내려와요?"

"일행이 있어 그러는데 조금만 기다려 줄 테야?"

"지금 엄청 바쁘거든요. 그럼 나중에 다시 들를게요."

"……."

올해는 수익을 좀 더 올려 볼 생각에 매점에 물건을 많이 들여놨었다. 그런데 올 따라 유난히 태풍이 여러 차례 불어오고 장마가 길어지는 바람에 그나마 없는 손님이 더 뜸해 대부분 팔지 못하고 유통기한만 훌쩍 넘겨 버렸다. 얼마 전 내가 대리점에 전화를 걸어 반납을 요청했었다.

"급한 일이 있으신 모양이죠? 저희끼리 정상까지 올라 갔다올 테니 먼저 내려가 일 보세요."

k친구가 걱정스러운지 내게 말했다.

"어차피 저 사람들 안 기다려요."

"왜요?"

"물건 회수하는 게 그리 썩 좋은 일은 아니잖아요. 어떡하든 다 떠넘기려는 속셈들이라 미적거리거든. 그러니 기다린다는 것은 있을 수 없죠."

"속상하시겠어요."

"이젠 그러니 하고 신경 안 써요."

한때 관광농원을 영어마을로 개조시켜 그만둘까도 생각했었다. 하지만 무럭무럭 자란 나무들을 볼 때면 정을 떨칠 수가 없었다. 그건 농원 울타리 안에 내 손길과 열정이 들어 있지 않은 것이 하나도 없었던 때문이다.

그깟 것 아무것도 아니라 여길 수도 있겠지만 내 인생에 있어서만큼은 절대적인 시간과 자리였다. 마음을 묻고 오직 마음 하나로 버텨 온 아픔과 성숙이 깃들어져 있다.

"정상까지 올라가 봐야죠?"

k와 k친구가 얼마 남지 않은 정상 봉우리 쪽을 손으로 가리키며 말했다.

"물론이지! 예까지 와서 만약 그냥 내려간다면 평생 두고두고 후회할 텐데?"

"정말 그럴만한 곳이네요. 풍경이 너무 아름다워요."

"마음이 속상하거나 울적하기라도 하면 이곳에 오르곤 하지. 더욱이 공이라도 한 번 시원스럽게 때려 볼 때면 속이 확 풀리거든……."

"조금은 선배님 심정을 이해할 것 같아지네요. 저도 지금 속이 뻥 뚫렸거든요.”

“그래?”

“예!”

순간 내 입가에 엷은 미소가 뭉게구름처럼 피어났다.

“우리 알프스 연인처럼 손잡고 가요?”

“……?”

k친구가 내 마음을 헤아려 봤는지 덥석 손을 잡아 왔다. 순간 가슴이 뭉클했다. 이에 가세하여 k가 다른 손을 또 잡아 왔다. 가슴이 뛰었다. 점점 주체할 수 없는 그 무언가가 용솟음쳐 오는 것만 같았다.

마치 영주산 분화구가 막 폭발할 것만 같아 봉우리에 우뚝 선 채 저 멀리 북태평양이 내다보이는 우도봉과 일출봉을 향해 양손을 높이 펼쳐들며 함께 외쳤다.

“야―호!”

서로 다른 세 목청이 한데 어우러져 메아리치며 발치 아래 풍경 있는 사방으로 퍼져나갔다. 그 모습을 내내 지켜본 영주산 아래 농원에서도 방긋거리는 여러 꽃들이 환호하는 응원의 함성이 물결쳐 왔다.

그중 한 꽃이 유독 눈에 띄었는데 그 꽃은 바로 농원 안쪽으로 우거진 동백나무 단지에 가려져 있던 일곱 송이 노란 수선화였다. 활짝 핀 화사한 얼굴을 내게 삐죽 디밀

며 향긋함으로 환호해 주는 게 마치 나를 향해 사랑의 세
레모니를 메아리쳐 주는 것만 같았다.

　그러나 그날 그 외도는 허탈하리만치 잠시뿐이었다.
내게 잊고 있던 사랑의 열정을 다시 불러일으켜 준 그 유
명 모델인 k친구가 농원을 다녀간 지 일주일도 채 안 되
던 날 아침 뉴스에 k친구의 자살 소식이 전해졌다. 사인
이 우울증이라고 하였지만 나는 그 사인을 도저히 믿을
수 없었다.

　해맑은 미소만을 내게 듬뿍 뿌려 주던 k친구가 무척 발
랄한 모습뿐이었는데 우울증이라니 그건 차라리 오보라
여겨야만 했다. 정말 믿을 수 없었다. 무슨 말 못할 슬픈
사연이 있었는지는 모르겠지만 그 짧은 만남에 이메일까
지 주고받았던 k친구의 자살 사건은 나에게 큰 충격을
안겨 주었다.

　그로부터 무슨 연유인지 소녀이던 그녀의 모습이 꿈에
자주 비춰지면서 가슴앓이로 큰 시련을 또다시 겪게 되
었다. 그 시련은 바로 내 마음이 두 번째로 외도한 사건
이었다.

　그건 우연찮게 P를 알면서 생긴 일이다. 자격시험에 제
출할 학력증명서를 떼러 뭍에 갔었는데 그때 서무과 여
직원 P가 눈에 들어선 것이다. 잠시 기다리는 동안 P가

커피를 권하기에 얼른 받아든 게 그만 P의 손길이 스치면서 얼굴을 정면으로 마주하고 말았다.

순간 난 포로가 되면서 심장마저 떨려 왔다. 학력증명서를 발급받는 내내 설렘 속에 말 한마디 붙여 보질 못하고 학교를 나섰는데 그 가녀린 눈빛을 버리지 못해 그냥 제주로 내려올 수가 없었다.

주체할 수 없는 마음이 심장을 한껏 조여와 하루를 뜬눈으로 고심한 끝에 볼일이 없음에도 다시 학교를 찾아가 P의 주변을 배회하였다. 어찌할까 방황하는 동안 설렘은 오히려 첫 날보다 한층 증폭되어 배가되는 바람에 내 마음이 안달 나게 더 부채질해 댔다. 몇 번이나 주저하다가 포기하다간 나중에 두고두고 후회할 것만 같아 용기를 내어 P에게 속마음을 모두 털어놓게 되었다.

"저를 본 지 단 하루밖에 안 되잖아요?"

"오늘이 두 번쨌데요."

"아무리 그래도 그렇죠. 잘 알지도 못하는 낯선 사람에게 처음부터 마음을 내드릴 순 없잖아요. 제 마음이 조금이라도 내킬 때까지 기다림이란 숙성 시간이 좀 있어야 하는데요."

"숙성 시간요?"

"네!"

"그럼 만나는 주시는 거죠?"

"정말 기다릴 수 있겠어요?"

"얼마나 기다려야 하는데요?"

"딱 2년요."

"아니! 2년이나요?"

"최소한 그 정도의 변치 않는 믿음을 확인해야만 20년
이든 30년이든 미래를 약속할 수 있거든요. 그게 제 신념
이에요."

"너무 긴데……."

"왜, 자신이 없어서요?"

"그런 건 아니고요. 함께만 동행할 수 있다면 2년이 아
니라 5년도 기다리는 건 문제가 아니죠."

"5년은 너무 길어 서로 지쳐 잊어버릴지도 모르잖아
요. 기다림은 2년이란 시간이 딱 적당하다고 봐요."

"그럼 기다릴 테니 꼭 약속해 줘요."

"약속했다고 마냥 안심하시면 안 돼요. 멀리 떨어져 있
어도 교감을 유지하도록 계속 신경을 써 주셔야만 해
요."

"알았어요."

그렇게 말로는 약속을 받았지만 사람 속을 어찌 알겠
는가? 더욱이 갈대 같은 여자의 마음을 말이다.

난 P와 헤어질 때 악수를 빙자하여 정식으로 손을 잡아 보았다. 보드라움과 따사로움 그리고 향긋함이 물씬 났다. 옷깃만 스쳐도 인연이라는데 더욱이 손까지 잡았으니 난 그만 단순하게 이젠 P가 내 여자란 생각을 가졌던 것이다.

이후 다시 제주로 내려온 나는 P를 떠올릴 때마다 기뻤다. 누군가를 생각하고 누군가를 기다리는 시간이 생생이 살아 있어 꿈틀거렸다. 아무리 힘들고 외로워도 P의 얼굴만 떠올리면 다 잊어졌다.

한 번은 P한테서 전화가 왔다. 잘 지내냐고? 자기를 기다리고 있는 마음이 변치 않느냐고? 그러면서 보고 싶어지면 가끔씩 전화 통화하자고 하였다. 그 말이 내 마음을 더욱 부채질하여 설레게만 했다.

그러던 중 하루는 P가 전화로 급히 쓸 일이 있다며 돈을 부쳐 달라고 했다. 그것도 빌려 달라는 게 아니라 아무 조건 없이 보내 달라는 투였다. 마치 제 남편에게 말하듯 요구해 왔다.

나는 그동안 모아 둔 통장을 털어 P가 부탁할 때마다 모두 들어 주었다. 농원 일로 돈이 모일만 하면 P한테서 또 연락이 왔다. 그래도 난 한 번도 거절하거나 용도를 따져 본 적이 없었다. 더욱이 의심 같은 건 전혀 하지 않

았다. 그건 오로지 2년 후의 만남을 잘못되게 생각하거
나 쉬이 떨칠 수가 없었기 때문이다.

결국 신기루 같은 착시현상이었지만 2년 후에 P와의
만남은 내가 일을 열심히 하며 살아가는 유일한 희망이
자 행복이었다. 설사 그게 거짓이라 할지라도 믿고 또 믿
어야만 하루 일과가 마음이 편했다. 아마 당시 드러낼 수
없는 내면으로 소녀이던 그녀를 떨칠 대안이 절실히 필
요했었는지도 모른다.

그런 기다림과 약속이 끊이지 않고 이어져 금번 돌아
오는 추석날이 바로 P와 약속한 2년째가 되는 날이다.
그러니까 견우와 직녀처럼 내가 P랑 긴 장막을 걷어 내
고 해후하는 날이었다.

점점 만나기로 한 약속 시간이 다가오자 마음이 설레
기만 했다. 생각 끝에 내가 뭍으로 P를 찾아가는 것보다
는 P를 제주로 초대하는 게 낫다고 여겼다. 그건 정감 있
고 훈훈한 기쁨을 함께 공유할 수 있는 요소요소가 제주
에 많았기 때문이다.

또 감칠맛 나는 바다 요리와 농원의 멋진 풍경 그리고
보는 자체만으로도 낭만이 가득 배어 있는 해변에 P를
데리고 다니다 보면 한층 더 깊은 감성이 돋으리라 여겼
던 것이다. 다행히 P도 내 의견에 공감하였는지 반기며

승낙을 해 주었다. 난 곧바로 P의 비행기 좌석까지 예약을 해 주었다.

그러나 아무리 배경이 뛰어나다고 하더라도 뭔가 부족해 보였다. 그래서 특별난 이벤트라도 꾸며 주고 싶었다. 그건 P를 그리는 내 마음이 무척 커졌던 것이다. 생각 끝에 여러 종류의 오색 풍선을 일일이 불어 내걸고 반짝이와 꽃으로 사방을 장식해 두고 또 포도주와 양주를 곁들여 색색이 촛불을 피워 놓으리라는 등등 갖은 멋들은 생각을 다해 보았다.

또한 새치가 많아져 허연 머리는 더욱 젊게 보이도록 염색을 하며 농원 일로 까맣게 그을린 얼굴은 좋다는 팩으로 미백 효과를 내보이기로 하고 의상은 그간 간소복과 작업복만 입느라 고이 간직만 해와 한 번도 입어 보지 않은 새 옷을 꺼내 모던하고 깔끔한 스타일을 갖기로 했다.

좀 더 멋진 만남을 위한다며 과감한 결정을 내리기까지 했는데 그건 명절을 맞아 농원에 손님이 뚝 끊기자 아예 명절 동안 휴업하기로 해 버린 것이다. 그렇게 되면 직원 모두를 명절 쇠러 내보낼 것이니 농원엔 나 혼자만 남게 된다.

그러면 아무도 없는 동백나무와 야자수로 우거진 산책길을 둘만 오붓이 걸을 거며 식당에서 여러 식재료로 좋아하는 요리를 맘껏 만들어 먹을 수 있으며 참꽃나무와 오동나무가 늘어진 정원 데코에서 좋아하는 음악을 들으며 차를 마실 거며 또 침대고 온돌이고 수십 개의 방 중 마음에 드는 방을 골라 칼라 조명등으로 분위기를 띄워 놓곤 P와 함께 단둘이 2년간을 기다려 온 회포를 맘껏 나눌 수 있게 됐다.

그 생각을 모두 갖게 되자 설레다 못해 흥분까지 들어 심장이 떨려 옴을 멈출 수 없었다. 그렇게 시간이 흘러 P가 오기로 한 전전 날 그러니까 임시 휴업하기로 한 전날에 인근 석산공장에다 주문하여 새로 생산된 잔골재를 덤프트럭 가득히 실어와 농원 안팎으로 주차장과 마당, 그리고 산책길까지 새로 단장했다. 그러자 농원 전체 분위기가 한층 업그레이드되어 산뜻해졌다.

리어카를 끌며 인부를 돕던 내 입가에 웃음꽃이 활짝 피어났고 농원 군데군데에 메리골드, 페츄니아, 사루비아 등을 모종해 두니 피어난 꽃들이 한결같이 아름답게 비춰 왔다. 그건 오직 P를 맞이하려는 들뜸 때문이었다.

텃밭에서 풋고추와 붉은 고추를 한 소쿠리나 땄다. 깻잎이며 돌나물도 뜯고 오이나 호박도 여러 개나 땄다. 개천 너머 과수밭에 가서 노랗게 주렁주렁 열린 단감도 한 박스나 땄다. 감귤은 아직 익지 않아 시퍼렇기만 해 노래진 것만 골라 조금 땄다.

성산어항에 나가 갈치와 고등어와 옥돔도 사 왔다. 일일이 다듬어 갈치는 도막을 냈고 고등어와 옥돔은 반을 뒤집어 비닐 팩에 담아 냉동고실에 넣어 두었다. 기타 부식 재료는 한눈에 보아도 알아보게끔 식당 안에 진열해 놓았다. 모두 다 P와의 행복한 만남을 위한 축제 준비였다.

기다림이 커서인지 하루도 금세 지나가 드디어 추석날이 되었다. 농원엔 오직 나만 남고 직원 모두 명절을 쇠러 친가나 뭍으로 떠나 텅 비어 있었다. 새소리도 긴장해 옹알거리는 동백나무 숲도 숨죽인 듯 적막감만 들었는데 그때까지만 해도 아침 햇살이 너무 화사하고 곱게만 느껴졌다.

그러나 내 2년 동안 열정을 갖던 기다림이 한순간에 토네이도로 변해 싹쓸이당한 것은 불과 찰나였다. 마냥 기다리는 시간이 너무 무료해 시간상 P가 비행기를 탈 무렵 P에게 전화를 걸어 보았다. 왜냐면 제주공항까지 마중을 나갈 셈이었다.

"저, 지금 병원이에요."

"공항요?"

"아니 병원요."

"……?"

수화기 저 너머에서 가느다랗게 들려오는 P의 음성을 잘못 들었겠지 여기곤 필시 공항임을 의심치 않아 공항이란 장소를 거듭 되뇌었다.

"비행기 타러 나가다가 그만 계단에서 넘어져 발목을 다쳤어요."

"……?"

순간 내 귀가 의심스러웠다. 전혀 뜻밖의 말이라 무슨 말을 해야 되는지를 몰라 멍해 있었다.

"의사 말로는 조금도 움직이지 말라는데 어쩌죠?"

"어쩌긴요……."

"미안해서요……."

"그래도 치료가 우선이잖아요."

"오늘 꼭 가려 했는데 운이 없나 봐요. 천상에 우리 만남을 좀 더 뒤로 미뤄야 하겠어요."

수화기 너머로 전해 오는 P의 말을 듣고 있던 난 마네킹처럼 몸이 굳어졌다.

"얼마나 다쳤는데요?"

"수술을 해야 될지도 모르는가 봐요. 방금 방사선과에 들러 엑스레이를 찍고 왔거든요."

"그럼, 제가 올라갈게요."

"아니! 아니에요."

내가 곧바로 올라간다는 말에 화들짝 놀란 듯 P의 톤이 아주 높게 들려왔다.

"왜요?"

"병상에 누워 있는 모습을 보여 드리기가 싫어서요. 어쩌면 금방 퇴원할지도 몰라요. 지금 응급실이라서 의사 선생님이 올 때까지 기다리고 있는 중이거든요. 제 맘 알죠?"

"그럼요……."

난 자라목이 들 듯 맥없는 소리로 짧게 대답은 했지만 마음이 편치 않았다. 그건 2년을 꼬박 기다려 온 기다림이 한순간 무너져 내렸기 때문이다. 하지만 나를 만나러 오다가 다친 거라 하니 원망도 할 수 없었다. 다만 눈으로 목격한 것이 아니어서 그냥 믿을 수밖에 없는 상황이라 불안감을 쉬이 떨치지 못했다.

통화하는 동안 이러지도 저러지도 못한 난 별도리가 없게 되자 병원비를 계좌로 보내 줄 테니 보태 쓰라고 말하고선 전화를 끊었다.

막상 전화를 끊고 나니 쓸쓸함과 허전함이 해일치듯 덮쳐 왔다. 몇 시간을 아무것도 못한 채 방구석에 처박혀 있었다. 고생하며 입으로 일일이 불어 놓은 풍선들을 하나씩 붙잡아 뾰족한 요지로 쿡쿡 찔러 댔다.

빨간 풍선이 펑! 하더니 쉬! 꼬리 소리를 내며 방 안을 휘젓고 다녔다. 이번엔 노란 풍선에 요지를 갖다 대자 빵! 하며 더 요란한 소리가 났다. 평소 같으면 놀랄까 봐 귀를 막았을 텐데 귀가 먹은 듯 아무 소리도 들리지 않았다.

또 색깔 있는 초마다 심지에 불을 붙였다. 방 안 빈 공간마다 형형색색으로 하나하나 세워 두었다. 그리곤 P와 함께 나누려 했던 포도주병 뚜껑을 따선 병째 들고 벌컥 벌컥거리며 숨도 쉬지 않고 마셨다. 적포도주를 비우곤 화가 오르면서 세트로 산 백포도주마저 다 비워 버렸다.

포도주를 두 병이나 마셨는데도 평소완 달리 간에 기별도 없자 P와 함께 마시려 했던 고급 양주병을 따 유리잔에 넘치게 부어 단숨에 마셨다. 그러자 짜릿한 알콜이 목줄을 타고 가슴과 심장을 지나 아랫배로 흘러가더니 뜨거워진 혈기가 다시 역으로 아랫배에서 가슴 위로 솟구쳤다.

"쓰벌! 되는 게 하나도 없어."

취기가 오른 난 허탈함에 스스로 자학하듯 독백했다.

"왜 하필 오늘 다칠 게 뭐람? 정말 다친 거야?"

내가 P를 기다린 2년이란 세월을 생각하니 허망하기만

했다. 그동안 P에게 부쳐 준 돈만큼이나 내 감정도 쉬이 뿌리칠 수 없을 만큼 P에게 깊어 있었다. 잘못된 만남을 위해 살아온 내 자신이 한없이 초라하게만 느껴졌다.

난 양주마저 거의 다 까고 나선 새 옷을 입은 채로 무당벌레가 등을 깔 듯 뒤로 벌러덩 누워 버렸다. 그러자 열려진 창문 너머로 가을 하늘이 파랗게 비쳐 왔다.

그 높고 푸른 하늘이 방 안 창문틀에 꽉 짜진 표구 액자마냥 네모난 게 우스워 보였다.

"어라? 하늘이 네모나네?"

순간 우주가 언제나 둥그런 건만 아닐지도 모른다는 생각이 들었다. 인생도 네모나고 사랑도 네모나고 또 어쩌면 사람 마음 모양이 네모일지도 모른다는 생각도 들었다.

어느 날 갑자기 예고 없이 찾아든 절망처럼 그 각진 네모난 하늘로 새 한 마리가 별안간 지나갔다. 하늘이 너무 좁은 건지 아니면 새가 너무 빨리 날아갔는지 도통 무슨 새인지 분간할 수 없었다.

혹? 꿩이라는 생각이 들었다. 요즘 동백나무 숲 사이로 억새밭마다 푸드득거리는 게 매번 꿩이었다. 난 취기에 잠깐 잠들은 사이에 꾼 꿈으로 정신이 몽롱해 그게 꿩인지 꽝인지 자꾸 헷갈리기만 했다.

동백꽃

농원 안 매점 창가 뒤로 작은 물가가 흐르고 있었다. 그 습한 곳에 일곱 송이 수선화가 살고 있었는데 한낮이면 햇살을 듬뿍 머금고 있었다. 내가 그걸 숨겨 두듯 몰래 가꾸었던 이유 중 하나는 사실 소녀를 그리는 마음을 차마 떨쳐 내지 못했던 때문이다. 사랑이 깃들어진 그리움이란 게 형체도 없으면서 유해물질 차단막인 혈관뇌장벽을 끊임없이 괴롭혀 왔다.

내가 한때 좋아하고 사랑하던 소녀 그녀의 이름조차 수선화 꽃처럼 어여쁜 선화였으니 고즈넉한 별밤만 되면 초롱초롱한 별빛으로 다가와선 나를 꼭 지켜보고 있는 것만 같았다.

두 번에 걸친 외도의 충격에 휩싸인 채 한동안 이러지

도 저러지도 못하여 속마음을 숨기곤 끙끙 앓고 있었는
데 소녀이던 그녀, 바로 선화가 서귀포에 내려와 살고 있
었다는 사실을 우연히 알게 되었다. 그건 김 회장이 우리
농원을 방문하면서였다.

하루는 이른 아침부터 부쩍 자란 정원수를 일일이 다
듬고 있었는데 그때 택시 한 대가 멈춰 서더니 김 회장이
내렸다.

"아! 회장님!"

김 회장은 내가 평소 존경하던 대선배였으며 더욱이
우리 농원 경영에 지분 일부로 참여 중이었기에 너무 반
가운 나머지 일하다 말곤 뛰쳐나와 맞았다.

"어! 일해?"

"일은 무슨 일요. 손이 남아 시간 때우고 있구만요."

"그래도 손재주가 있어 보이네."

"사실은 요 며칠 전부터 작품 하나 만들려 모양새 좀
내보려는데 맘대로 잘 안 되네요."

"나무 다듬는 것도 다 예술이라잖아. 그 정도면 잘 다
듬는구먼. 근데 저 벌레 같은 건 뭐래?"

"예? 공룡이라 다듬은 건데 그게 벌레로 보입니까?"

"예끼! 이 사람아, 사람을 속여도 분수가 있지. 저게 벌
레지 뭔 공룡이야. 벌레로 봐주는 것만 해도 황송해야겠

어."

"흐흐! 제가 공들여 다듬었지만 다시 보니 정말 그러네요. 앞다리 뒷다리가 다 짝짝이여서 벌레보다 못하네요."

"허허! 그래도 정원 경치 하나는 끝내준다니까."

"경치만 좋으면 뭐해요, 시설은 갈수록 더 낡아져 장사가 안 되는데요."

"와, 손님이 없나?"

"보시다시피요. 이러다 문 닫을지도 모르겠어요."

"아까 오다 보니까 사방으로 펜션들이 참 많아졌더라."

"아마 새로 지은 현대식이라 시설이 고급스러울 거예요. 우리 농원도 한때는 방이 모자랄 정도로 호황을 누렸었지만 지금은 구닥다리 취급받는 거죠."

"아니야! 여기처럼 좋은 데가 어디 있어? 다 몰라서들 그런 거지. 넓은 정원과 야외 쉼터도 있고 또 산책로도 바비큐장도 있잖은가? 내부 시설만 깨끗하면 다야? 아직 멋들을 몰라서 그래. 자연 속에 푹 파묻히고 싶은 깊고 진한 맛을 어떻게 알겠어? 아예 티브이도 없애야 한다고, 단 며칠 만이라도 숲속 별밤에 알콩달콩한 이야기로 밤을 지새는 게 얼마나 낭만적여."

"역시 저희 농원을 알아주시는 건 회장님밖에 없네요."

“하하! 돈 다 까먹고 나니까 인생을 알겠더군.”

“이젠 다 마음 비우셨잖아요?”

“그야 달리 방법이 없으니까 어쩔 수 없는 거지. 그건 그렇고 너 나 할 것 없이 다들 새 문명만 선호하니 앞으로가 큰일이야. 이럴 때일수록 자네 같이 우직한 사람이 꼭 필요하지 않겠어? 특히 제주만큼은 자연 그대로의 보존이 아주 중요한 시점이 아니냐고? 마구잡이식으로 무분별하게 개발시키다간 앞으론 여기도 얼마 못 갈 걸.”

“백번 지당한 말씀입니다. 회장님 같은 분이 정관계로 나가셔야 저희 같이 고전적인 농원이 후한 대접을 받는 건데요.”

“허허! 자네나마 날 알아볼 줄 아니 퍽 다행이군.”

김 회장은 적은 나이가 아님에도 얼굴은 동안이라 나이를 절반이나 접고 산단다. 마음은 그보다 훨씬 더 젊게 살고 있다. 정말 그렇게만 살 수만 있다면 얼마나 좋으랴만 그게 무작정 욕심만으로 될 일은 아니다. 노화의 주범인 스트레스를 잘 받아칠 육체와 정신 그리고 영혼의 삼박자가 조화를 이루는 웰빙 문화생활이 뒷받침해 줘야만 한다.

애당초 출생부터 행운을 점지받아 가업과 유산으로 여러 개의 사업체와 많은 자산을 물려받았으나 지금은 바람과 함께 모두 날렸다. 왜 날렸는지 어디로 사라졌는지 전혀 모른단다. 평생 돈을 써도 다 못쓸 거라 믿고만 있었다 하는데 질책을 해야 할지 아니면 돌고 도는 게 돈이란 속성상 면책특권을 줘야 할지 고민이다.

뭐가 잘되고 잘못되었는지 따져 볼 방법조차 없다. 게다가 근거 자료조차 제대로 보관되어 있지 않아 회계감사도 불가하다. 그저 이게 아닌데 저게 아닌데 말로만 의혹을 품어 볼 뿐이니 돈 다 잃곤 바보가 된 셈이다.

그건 사람을 너무 믿었던 때문이다. 세상도 물정도 다 믿기만 했을 뿐 의문이나 의혹을 품지 않았던 것이다. 설사 의심이 들어도 그 까짓것 속아 봐야 별거 아니란 대범한 생각뿐이었다.

처마에 고인 빗물이 방울방울 떨어지면서 주춧돌을 뚫을 줄 어찌 알았겠나?

그 뼈저린 회한을 늦게나마 깨우쳤지만 어쩌겠는가. 차라리 침묵하는 게 명예만큼은 지켜 내는 길이었다. 그 명예를 위안 삼은 건지 마음만큼은 도인 같아 평온해했다.

"리모델링 좀 하지 그랬어?"

"하긴 해야 하는데 비용이 만만찮아서요."

"주변 환경은 전혀 나무랄 데가 없는데 내부 시설이 좀 그러네. 제대로 영업하려면 투자를 아끼지 말아야지!"

“아직 엄두가 안 나서요.”

“그렇다고 해서 자꾸 시대에 뒤처져선 안 되는 거야!”

“알고는 있지만…….”

김 회장은 한때는 경영전문가로서 대한민국 몇 안 되는 대기업 총수였다. 시설 투자만큼은 때를 놓치지 말라는 주문이다. 한 번 추락한 명예를 회복하는 데는 몇 곱절의 공과 노력이 필요함을 훈수해 주었다.

“요즘, 어떻게 지내세요?”

화제를 얼른 돌려 근황을 물었다.

“자숙하느라 걷는 취미에 푹 빠져 있지.”

“걸어 다녀요?”

“그럼! 테마길 따라 매번 걸어 다녔거든. 제주 올레도 여러 번 왔었고.”

“정말 혼자서요?”

“왜, 믿기지 않아?”

어디를 가든 항상 곁에 누군가를 데리고 다녔었다. 그건 세상 물정에 어두워서가 아니다. 혼자 다니는 걸 불안해했다.

“그런 건 아닌데요, 여러 번이나 오셨다 갔으면 한 번쯤은 들르셔야죠. 왜 안 오셨어요?”

“사실은 더 좋은 데가 있어서.”

"거기가 어딘데요?"

"왜? 가 보고 싶나?"

"제주에서 만큼은 그런 데가 있으면 의당 제가 알아 둬야죠. 좀 서운하네요."

"허허! 미안."

제주에 내려온 지 오래되었다기에 서운한 표정을 짓자 김 회장이 의미심장한 표정을 지어 보였다. 실은 서운해할 이유는 하나도 없었다. 다만 투정 정도로 궁금히 여겼을 뿐이다.

"여기서 머나요?"

"한 번 같이 가 볼쳐?"

"지금요?"

"그럼 쇠뿔도 단김에 빼야지."

"그럼 제 차를 타고 가시죠."

"아니 차는 놔두고 그냥 걷는 게 더 나아."

"여기서부터요?"

"놀라긴? 일주버스 타고 가서 올레 6코스를 걷자고. 볼거리도 많고 걷는 거리도 아주 적당해서 좋거든."

"힘들지 않겠어요?"

"내가? 아니면 자네가?"

"저야 끄떡없죠."

"껄껄! 길고 짧은 건 대봐야지. 해보지도 않고 앞서 큰 소리치지 마라. 쇠소깍에서 외돌개까지는 15㎞ 정돈데 서너 시간은 걸리지, 또 해안과 숲길이 어우러져 아주 볼 만해서 올해 들어 내 몇 번을 걸었는지 셀 수 없다네."

"아! 그러셨군요. 회장님이 좋으시다면야 저도 어디든 다 괜찮습니다."

"역시, 내 마음을 알아주는 건 자네뿐일세."

"제 마음을 헤아려 주시는 것도 회장님뿐이신데요."

"허허! 그럼 우린 동상일몽이니 바로 출발해 볼까?"

"그러시죠!"

사실 김 회장의 청을 거절하기는 곤란했다. 더욱이 화려했던 과거를 다 잊고 무소유의 삶을 살기로 작정하곤 제주에 내려와 있다는데 그 마음이 어떨까? 그의 과거를 모른다면 모르지만 언젠가 내게 속마음까지 비췄다.

그런 김 회장에게 내가 해 줄 수 있는 것은 비록 작은 거지만 함께 동행해 주는 것이다. 유산으로 물려받은 대가업을 파산시킨 마음이야 오죽하랴만, 아마 죽고 싶은 심정이었을 것이다. 그 심정을 누구보다 더 잘 알고 있었기에 무언가 힘을 실어 주고 싶었다.

나 역시 손님 없이 뜸해 시간적 여유가 있었다. 또 조용히 생각할 시간도 갖고 싶었기에 겸사해서 김 회장과의 동행에 선뜻 응했다.

성읍에서 표선까지 가는 노선버스를 타고 가다 표선에서 다시 일주버스로 갈아탄 다음 효돈 입구 삼거리에서 내렸다. 한라산 백록담 윗세오름 남벽에서부터 흘러내린 효돈천 따라 몇 걸음 걷다 보니 쇠소깍 입구까지는 얼마 걸리지 않았다.

"걸을 만하겠어?"

"이제 출발인데요."

"걷는 건 자신 있나 보네?"

"이래 뵈도 학생 때 육상 선수였다니까요."

"오! 정말로?"

"그럼요! 주 종목이 단거린데요, 계주할 때 항상 맨 마지막에 뛰었죠. 앞선 동료가 뒤쳐져 있어도 일단 제가 바통을 이어받으면 날아서 추월해 들어왔거든요. 그러면 응원하던 사람들 다들 난리가 나는 거예요."

"하하! 인기가 아주 좋았겠네."

"지금 같았으면 아마 여러 곳에서 스카우트 제안이 막 쏟아졌을 걸요. 하지만 그 당시엔 비인기 종목이라 진로가 불투명했어요."

"그래, 그 후로 어떻게 됐어?"

"아버지가 난리친 거죠. 달리면 누가 출세시켜 주냐고

요. 당시에는 운동을 그만두고 싶어도 쉽게 그만둘 수가 없었어요. 애써 공들여 놨는데 갑자기 그만둔다고 하면 감독으로선 얼마나 허탈하겠어요. 이해가 안 되는 건 아니지만 결국 아버지가 학교 체육부를 뒤엎고 나니까 저절로 해결되더라고요."

"대단하신 분이시네. 왜 운동이 싫었어?"

"전, 그렇진 않았어요. 아마 그때 선수 생활을 계속했으면 무슨 메달이든 최소한 하나 정도는 땄겠죠. 그런데 공교롭게도 그 무렵 사고를 당했어요. 연습하다가 넘어지면서 무릎을 크게 다치는 통에 사실 그 계기로 운동을 접었거든요."

"쯧쯧! 국가적으로 인물을 손해 봤으니 아쉽군!"

"당연하죠!"

"하하하!"

"경치가 너무 좋은데요?"

어느새 쇠소깍에 다다라 해안가로 바다가 펼쳐 왔다. 관광지답게 인파가 붐볐다. 여기저기서 말투가 들려오는 게 일본인도 중국인도 뒤섞여 있었다. 외모로 봐선 동족 같아 언뜻 알아보기가 쉽지 않았다.

"바다는 언제 보아도 너그럽다는 생각을 갖게 해!"

"아마, 넓어서 그럴 거예요."

"넓은 거에 비하여 고요하니까 더 그런 거 같네. 요즘 시대 부와 권력이 판치는 것을 보면 바다란 게 너무 겸손해 보여. 안 그런가?"

"그래도 가끔 무섭게 요동칠 때가 있잖아요."

"그런데 우주는 왜 요동치질 않지?"

"오늘 밤에 한 번 따져 볼 가요?"

"허허! 할 수만 있으면 해 봐!"

"저기 저곳이 바다와 민물이 합쳐지는 곳이에요."

"그렇군! 저 물은 과연 어떤 느낌일까?"

먼 과거에 한라산이 탄생할 때 바다 깊은 곳에서 솟구친 백록담에서 흘러든 민물이 다시 바다로 흘러가도록 길이 열려 있는 게 보였다. 바닷물이 땅속에 스며들며 걸러져서 지하수가 된 건지 아니면 민물이 염분에 녹아서 바다가 된 건지 그것도 아니면 증발한 물이 윤회를 거듭하는 건지 세상사 이치가 온통 의혹 투성이다. 김 회장이 그 의혹이 깃드는 곳에 고개를 디밀며 물어 왔다.

"그야 시커멓겠죠?"

"왜?"

"속 썩잖아요. 민물이고 바다고 서로 다른 성질이 밀고 당기는 영역 싸움을 하지 않겠습니까? 누구 말이 맞는지 또 누가 힘이 센지요."

“하하! 항상 바다가 민물을 수용하는 건 바다가 강해서가 아니라 넓어서겠지. 만약 속 좁은 바다라면 민물을 가만두겠어?”

“그래서 그런지 저기 해안 모레가 다 검네요.”

“모래뿐만이 아니라 갯바위들까지도 다 그러네!”

“용천수가 바다로 흡수되어 염수로 변질되는 게 안쓰러워서 바위들까지 애간장이 다 타는가 보죠?”

“허허허! 거 말 되네.”

“하하하!”

한바탕 웃어 가며 해안가 보목포로를 따라 걷는데 양식장과 작은 포구가 나왔다. 집집마다 정원수이듯 감귤나무가 몇 그루씩은 있어 파도 소릴 먹고 익어 가는 노란 정겨움이 비린 향만큼이나 물씬거렸다.

포구를 막 벗어나려는데 좁은 길을 따라 화산석으로 옹벽을 길게 쌓아 놓은 돌담이 인상 깊게 보였다.

“잠시 쉬었다 갈까?”

“겨우 요정도 걷고서요?”

“사실 내가 이 코스를 계속 찾는 이유가 따로 있다네.”

“그래요?”

“마냥 걷는 거 같아도 다 사연이란 게 있지. 그 때문에 한 번 더 오게 되는 거고.”

"그게 뭔데요?"

"날 따라와 봐!"

"……?"

궁금증이 한층 증폭되어 김 회장을 따라가 보니 문이라곤 없을 것만 같은 검고 긴 돌담 한 곳에 좁은 출입문이 나 있고 그 출입문에 작은 글씨로 하얗게 찻집이라고 쓰여 있었다.

"바로, 이 집이야."

"이 집이 왜요?"

"주인 얼굴을 잘 봐두게."

"뭐가 잘못됐나요?"

"내가 백번 말하는 것보다 일단 보고 나서 말하자."

"……?"

파도가 철석거리는 해안가 위에 올레길이 나 있는 돌담 안쪽으로 다소곳하고 아늑하게 자리한 찻집이었다. 집 뒤로 뒷산 같은 제지기오름이 병풍처럼 펼쳐 있어 해안 따라 부지가 좁고 길쭉했다. 모양새를 보니 전원주택을 개조한 듯싶었다.

문을 열고 안으로 들어서자 사람은 보이지 않고 은은히 음악만 들려왔다.

"어디 갔나 보네?"

“곧 오겠죠. 불도 켜져 있는데요.”

“일단 가 앉자구나.”

“예!”

내부 구조를 비교적 잘 알고 있는 김 회장을 따라갔는데 찻집 안쪽으로 들어서더니 곧장 뒷문으로 갔다. 그 뒷문을 밀치자 다시 밖이 나오면서 초록 정원이 아름답게 꾸며져 있었다. 잔디밭에 정원수와 조각품들, 그리고 전시된 그림들과 형태가 기괴한 소나무와 야자수가 돌담 너머로 들려오는 파도 소릴 듬뿍 품고 있었다.

그곳은 마치 별천지처럼 햇살이 들고 바람막이로 아주 아늑하기까지 했다. 구석구석마다 정감 들게 배치된 벤치가 조화를 이루고 있어 걸터앉아 있는 자체로만 해도 온 마음이 평온해 왔다. 돌담 밖에서 볼 수 없는 정취가 물씬거려 눈과 코를 이리저리 돌려 보는데 어디서 나타났는지 젊은 여자가 다가와 반겨 주었다.

“어머! 또 오셨어요?”

“어디 갔다 오시나 봐요? 아무도 없길래 제 마음대로 들어왔습니다.”

“잘하셨어요. 그런데 오늘은 혼자가 아니네요?”

“예!”

김 회장과 주인 여자와는 안면이 있는 사이였다. 어떤

사이인지 궁금했지만 물어볼 상황이 아니었다.

"드시던 차 내올까요?"

"그래 주세요. 두 잔요."

"무슨 차인데요?"

내 의견도 묻지 않고 내온다기에 궁금히 물었다.

"아! 처음이시죠?"

"예!"

"그냥 전에 마시던 걸로 내오세요."

"……."

김 회장이 손까지 흔들어 대며 내 말을 막아선 차를 내오라고 하는데 순간 여주인과 얼굴을 마주한 난 깜짝 놀라 심장이 멎는 줄로만 알았다. 그 여주인장이 바로 소녀이던 그녀 선화였다. 모자를 눌러쓰고 있어 언뜻 알아보지 못한 내가 놀라며 몸짓을 움찔하자 선화도 동시에 날 알아보곤 말을 주춤하더니 잠시 꿈쩍을 못했다.

"동생이에요."

내막을 전혀 모른 김 회장이 그 짧은 공백을 메워 왔다.

"아! 잠시만요."

선화가 김 회장을 의식했는지 아니면 너무 갑작스러움에 놀란 건지 표식을 내지 않고 주문받은 차를 가지러 간다며 안으로 급히 들어갔다.

“굉장한 미인이지?”

“예!”

“어때?”

“…….”

헤벌쭉하게 웃음을 짓는 김 회장이 물어 오는 소리가
하나도 귀에 들어오질 않았다. 마치 꿀 먹은 벙어리처럼
아무 말도 할 수 없었다.

“하하! 저 여자 보러 여길 몇 번이나 왔는지 몰라.”

“아니? 몇 번씩이나요?”

여러 번이나 여길 왔다갔다는데 그간 혹시 무슨 사연
이라도 있었는지 궁금해 얼른 물어봤다.

“아마 셀 수 없을 걸?”

“왜요? 언제부턴데요?”

“이곳 올레를 지나가다 쉴 겸해서 잠시 들렀었지. 그때
처음 본 순간부터 이상하게 매력이 끌려서…….”

“그럼 계속 헛물만 켜고 있는 거예요?”

“그런 게 아녀. 난, 여태 여자를 소유의 개념으로만 알
았기에 누군가 보고 그립다는 생각을 가져 보려 하지 않
았거든. 돈이면 뭐든 다 가질 수 있다고 그만 여겼던 거
지. 사실 돈이야 원 없이 써 봤지만.”

“남자라면 다 같은 마음이잖아요. 더욱이 회장님같이

풍류를 아시는 분은 술과 여자를 빠트릴 수 없는 거죠."

"지금에서 생각하지만 그게 다 쓸데없는 짓이었어. 하나를 알아도 제대로 알아야 하는데 감성이 없었으니 아무런 소용도 없고 그저 무의미할 뿐이지."

"……."

갑자기 김 회장의 말투가 무겁게만 느껴와 말을 멈칫했다. 돈이면 세상을 다 가질 수 있다고 여기던 김 회장이다. 그러한 일을 그저 풍류쯤으로 여겼었는데 이젠 생각의 각도가 바뀌어진 모양이다.

그러면서 한편으로는 내가 제주에 살고 있다는 것을 뻔히 알면서도 또 자신이 제주에 내려와 정착한 지 오래되었으면서도 그간 내게 기별을 한 번도 주지 않은 선화가 야박하다는 생각이 들었다.

무슨 이유가 있길래, 아니면 무슨 말 못할 사연이라도 있는지는 모르겠지만 내가 여태 잊지 못하고 그리워하고 있다는 사실에 비춰 볼 때 선화의 그런 일방적 행동이 얄미웠다.

내가 잠시 혼돈에 빠져 정신을 못차리고 있는데 한참만에야 선화가 아무런 일도 없었던 것처럼 활짝 웃어 보이며 예쁜 쟁반에 큰 찻잔을 받쳐 들고 내왔다. 하지만 그 상황에 내가 무슨 말을 해야 할지 또 어찌 행동해야

할 바를 몰라 그저 손님과 주인처럼 수수방관했다. 선화
도 그런 분위기를 이미 파악했는지 무덤덤하게 대해 주
었다.

"이게 무슨 차인가요?"

은연중 조금은 주저하는 선화를 뚫어져라 바라보며 또
찻잔 속에 낯익은 붉은 꽃이 통째 띄워 있어 따지는 듯이
물었다.

"동백꽃잎차요."

선화가 내 강렬한 시선을 의식했는지 조금은 머뭇대며
대답했다. 내 눈을 바라보는 선화의 눈빛도 예사롭지가
않았다. 지금 이 상황이 벌어진 게 누구의 책임으로 전가
시켜야 좋을지 또 어떻게 수습해야 할지 방향 설정 시기
를 이미 놓쳐 버렸다. 누가 먼저 무슨 말을 하든 우스운 꼴
이 되고 말았다. 차라리 이럴 땐 침묵이 최선이라 여겼다.

"생화인가요?"

"예! 향이 아주 일품이에요."

"참! 은은하네요."

내가 코를 킁킁! 대며 조금은 익살스럽게 말하자 마냥
불안해하던 선화가 다소 밝아진 표정을 지어 보였다. 선
화는 무슨 말을 하던 내가 다 이해해 줄 거라는 여유로운
표정마저 조금씩 찾아가는데 나만 바보가 되어 당혹감에

혼란스런 머릿속을 정리하느라 애를 태웠다.

찻잔에 든 동백꽃은 우리 농원에도 수없이 많다. 그럼에도 동백꽃잎차를 우려 본 적이 한 번도 없었다. 아니 동백꽃으로 차를 우려낼 생각조차 해 본 적이 없었다. 그 붉은 동백꽃이 생생하게 송이채로 녹아 있었다.

"동백꽃말 중 하나가 '당신을 사랑합니다' 이거든요. 전설에도 사랑하는 이를 애타게 기다리던 여자가 죽어 그 바닷가에 꽃을 피워 냈데요. 누군가를 열열이 사랑하여 빨갛게 피어 있는 모습이 참 아름답다고 생각지 않으세요?"

선화는 이젠 그 상황이 재미있다는 투로 슬슬 미소까지 지어 보이며 여유롭게 스릴을 만끽했다. 그 모습이 아주 미워 보였다. 그렇다고 대놓고 따질 수도 없었다. 먼저 열 내고 열 받는 자가 지는 거라는 말이 있듯이 나 역시 평상심을 유지하려 속마음을 감출 수밖에 없었다.

"향도 은은하지만 맛이 아주 고결해요."

한동안 분위기가 생각한 거와는 반대로 의아스럽게 흐르자 김 회장이 화사한 표정을 지으며 동백꽃잎차를 한 모금 입에 담아 눈을 지그시 감고 음미하더니 무거운 공백을 메워 왔다.

"한 번 다녀가 본 사람이면 이곳을 다시 찾을 만한 이유를 좀 알겠네요."

나도 더는 흔들림 없이 찻잔을 기울여 한 모금 차맛을 음미하며 말했다. 그러자 청순하고 가련하기만 하던 소녀의 모습이 눈앞에 파노라마로 펼쳐 왔다. 더는 진정할 수 없는 사무침이 날이 선 칼이 되어 심장을 파고들었다.

"과연 그게 뭘까요?"

선화가 나의 안정된 마음을 알아챘는지 곁눈질하며 또 한쪽으론 장난기 섞인 투로 내게 얼굴을 기웃하며 물어 왔다.

"단연 송이째 시든 꽃 때문이겠죠? 아닌가요?"

"진심으로 하시는 말씀?"

내 대답이 의외란 듯이 다소 못 마땅히 여긴 선화가 내게 얼굴을 더 가까이 디밀어 대며 재차 물어 왔다.

"그럼 시든 꽃이 허물 벗고 우러났다고 해서 새 꽃이 될 수 있나요?"

"허물이라니 무슨?"

내가 계속 의혹을 가진 말을 서슴없이 내뱉자 선화가 못마땅해하며 눈살을 찌푸렸다. 그럼에도 난 덥석 선화라 부르질 못했다. 그건 선화의 본마음을 미처 헤아릴 수 없었던 것이다.

왜 제주에 내려왔으며, 결혼한 남편과의 문제와 찻집

은 무엇이며 또 그동안 제주에 있으면서도 내게 연락 한 번 주지 않았는지 온통 의혹뿐이었다.

그러나 어찌하든 선화는 여전히 아름답고 고왔다. 우수에 찬 눈빛에 소녀이던 그 모습들이 선명히 남아 있었다. 그 소녀의 청순한 모습을 간간이 찾아내는 순간 내 마음 깊은 곳에서 콩닥거리는 심장 소리가 점점 크게 들려왔다. 그러면서 가슴이 저미는 옛 생각이 하나 떠올랐다.

당시 내장산을 다녀오면서 소녀이던 선화의 모든 것을 갖게 된 이후 난 선화와 하루가 멀다 하게 매일같이 만나고 있었다. 그때 선화의 집과 우리 집은 한강을 사이에 두고 남북에 있었다. 남남북녀처럼 내가 반포였고 선화는 서빙고였다. 당시 우리가 잠수교를 왕복하며 건너다닌 건 이루 헤아릴 수 없이 많았다.

어떤 때는 차로 건너다녔지만 대부분 걸어서 다리 끝과 끝을 오갔다. 아마 수없는 우리 발걸음으로 인하여 잠수교가 많이 헐었고 닳았을지도 모른다. 왜냐면 때론 아이들처럼 쿵쿵거리며 뛰어다니기도 했으니까 말이다. 만약 그 다리가 무너지거나 폐쇄되었다면 우리의 만남도 더는 깊어 가지 못했을 만큼 나와 선화의 추억이 알알이 새겨져 있는 다리였다.

우린 잠수교를 오가면서 사랑을 키웠고 또 헤어질 때

는 내가 강 건너까지 바래다 준다고 하면 선화가 다시 나를 바래다 준다고 하였고 이를 받아 다시 내가 바래다 준다고 핑계 대며 하룻밤에도 열댓 번씩 다리 밟기를 했다. 그 다리 밟기는 우리의 풋풋한 사랑을 단단히 굳히는 증표였다. 나와 선화에게서만큼은 그 잠수교는 일 년 내내 정월 대보름이어서 한밤에도 대낮처럼 환했고 또 달콤한 사랑 이야기가 끊이질 않았다.

그러나 그 풋풋한 사랑도 시샘을 받아 적어도 일 년에 한 번씩은 꼭 사랑앓이를 해야만 했다. 그때가 바로 장마철이다. 비가 억수같이 내리면 잠수교가 잠겼다. 그럼에도 선화와 난 다른 한강 다리로 절대 우회하질 않았다. 오직 잠수교만이 오작교처럼 우리의 사랑을 이어 주고 키워 주는 걸로 믿고 있었다. 잠수교의 끝 지점에서 그저 바라보기만 해도 족했다. 비를 맞아 가면서 희뿌여나마 아른거리는 서로의 모습을 지켜본다는 것은 큰마음이 아니곤 불가능했다. 잠수교만큼은 때론 비를 맞아 가면서도 이심전심으로 교각에 귀만 기울여도 톡톡거리는 서로의 마음을 느낄 수 있는 장소였었다.

그러던 게 어느 날 잠수교 위로 반포대교가 새로 들어서면서 우리들 마음에도 틈이 생겨났다. 생각 차이가 들면서 내가 잠수교로 건너가는데 선화는 반포대교로 건너

왔다. 또 어느 날은 내가 반포대교로 건너는데 선화는 잠수교로 넘어왔다. 우리의 약속이 엇박자가 되어 중간지점에서는 도무지 만날 수 없었다. 그런 엇갈림이 계속되자 우린 잠수교와 반포대교 아래 위에서 서로의 탓만 하게 되었다.

우린 그때 오염된 한강물에 비친 복수의 여신으로부터 버림받은 나르시스가 되어 버렸다. 그로 인해 우리의 사랑은 훼방을 받기 시작했다.

그 이후 난 군에 입대할 수밖에 없었고 선화는 내 복무 기간 동안 유학을 간다며 파리로 떠났는데 그것 또한 서로 엇갈린 다리를 건너는 잘못된 선택이었다. 만약 잠수교 위에 반포대교가 들어서질 않았다면 선화도 유학을 가지 않았을 거며 나와 다른 길을 택하지 않았고 오직 나만을 기다리고 있었을 것이다.

그러나 반포대교를 탓하진 못한다. 반포대교가 들어서면서 비만 오면 잠수교가 잠기는 바람에 끊기기 일쑤이던 서빙고와 반포 간의 교통 소통이 아주 원활해졌다. 그렇게 한강 남과 북의 생활 소통이 그만큼 좋아진 것에 반비례하여 나와 선화와의 사랑엔 돌이킬 수 없는 갈림길로 들어서고 말았다.

"오늘, 찻값은 모두 무룝니다."

내 지난 기억 속으로 수선화와 동백꽃이 오가는 틈새를 배회하던 선화가 무슨 생각을 가졌는지 갑자기 찻값을 안 받겠다고 선언했다.

"오늘 기분을 내시는 건가요?"

수없이 다녔지만 여태 그런 일이 한 번도 없었다며 김 회장이 의아해 물었다.

"아뇨!"

"그럼, 무슨 날인데 무료요?"

"특별한 날이죠! 회장님이 저희 찻집을 다녀가신 게 이번까지 모두 스무 번째에요. 저기 입구 쪽 벽면에 횟수가 표시되어 있거든요. 오실 때마다 증표를 하나씩 붙여 드렸어요."

"벌써 그렇게 되었나요?"

"예! 스무 번을 찾아 주시면 행운을 드려요."

"그래요? 행운이 뭔데요?"

"체류권요."

"여기, 숙박도 돼요?"

"물론요. 위층을 개조해 숙소로 만들어 놨어요. 뒤는 막힌 산이지만 앞면은 온통 트인 동녘바다라 아침이면 찬란한 태양빛 때문에 눈이 아주 부서 와요. 한마디로 광활한 바다가 출렁이는 거죠. 아마 너무 좋아하실 겁니다."

"와! 생각만 해도 설레는데요."

"직접 체험해 보세요. 아마 누군가를 사랑하고픈 마음이 막 들끓을 걸요?"

"사람 속마음을 어찌 잘 아세요? 제가 지금 그런데……."

"여러 사람을 대하다 보니까 자연 아는 거죠. 느낌만으로도 척 알아요. 회장님 같은 경우는 벌써 스무 번이나 제가 지켜봤잖아요."

"관찰력이 대단하시군요. 여긴 어떻게 차렸어요?"

"결혼 꿈도 다 갖기 전에 너무 갑작스레 약혼자가 세상을 떠나 버렸어요. 오래오래 함께할 거라 여겼었는데, 저에겐 정말 생각지도 않은 일이었어요. 그런데 저한테도 동백꽃이 송이째 뚝 떨어지듯 어느 날 한순간에 그게 찾아와 있더라고요. 그 마음이 정말 참혹했죠."

"아! 그런 사연이 있으셨군요."

"원래 여기는 제 약혼자가 살아생전에 작업장으로 쓰던 곳이에요. 주로 조각을 했었죠. 저는 그림을 그렸고요. 이곳에 전시된 조각품과 그림들은 모두 저희 작품이에요. 약혼자가 죽기 전에 제게 물려주었죠."

"아! 그렇군요. 실력이 보통은 아니신 거 같은데……."

“감사해요.”

“그럼 찻집을 한 이유는요?”

“그건 어느 날부턴가 앞길이 올레코스로 지정되면서였죠. 사람들 왕래가 잦아들더라고요. 그때 외로운 마음이 들면서 걷는 사람들과 소통하고 싶다는 생각이 들었어요. 걷는 사람마다 생각이 다양하고 또 걷는다는 것은 무언가 이야깃거리나 추억에 남는 장소가 있는 게 좋잖아요. 순수한 그분들과 대화하고 지켜보는 게 참 좋더라고요. 그리고 제게도 가슴 아픈 추억이 하나 있었어요. 제 마음에 아직 남아 있는 그가 혹시라도 이곳을 지나치지 않을까 하는 바램도 있었고요.”

“그래서 동백꽃잎차를 준비하셨군요?”

“맞아요. 섬 하면 바다와 꽃을 연상시키는데 동백꽃이 제 마음과 똑같더라고요. ‘당신만을 사랑해!’ 꽃말이 참 멋있잖아요. 누군가로부터 그 말을 듣고 싶은 심정, 그걸 기다리는 마음을 차에 담아 본 거죠. 괜찮은 아이디어죠?”

“어디 괜찮다 뿐인가요. 아주 고결한 생각이십니다.”

“호호! 아예 가게 문패를 바꿀까 봐요?”

“하하! 그것도 괜찮겠네요.”

선화가 동백꽃 향을 마구 뿌려 왔다. 김 회장은 이미 넋

이 나간 듯 마음이 들떠 있었다.

"낚시 좋아하세요?"

"그럼요! 낚싯대 있어요?"

"약혼자가 예전에 쓰던 거 여러 개 있어요. 이따가 저녁 드시고 밤낚시 해 보세요. 잘 잡히더라고요."

김 회장의 눈치를 슬쩍 살펴보았다. 꿈쩍을 않는 것을 보니 정말 숙박할 자세였다. 분위기를 보아도 정감에 이미 흠뻑 취해 있었다.

나 또한 별수 없었다. 바닷가에서 밤을 지새 본 지가 언제인가도 싶었다. 은근히 바다가 유혹해 왔다. 아니 선화가 미끼를 달아 유혹해 오는 게 느껴졌다. 쉼 없이 철석거리는 파도가 싱숭생숭한 마음을 더욱 부채질해 댔다.

"괜찮지?"

감성에 푹 젖은 김 회장이 아이처럼 싱글벙글한 표정을 지어 보이며 내 생각이 어떤지를 물어 왔다. 당연 동의하여야 한다는 어감이었다.

"그럼요!"

생각지도 않은 일이라 처음엔 마음이 갈팡질팡했는데 시간이 점점 흘러 분위기에 휩싸이자 더는 아무 생각 없이 이 순간에 푹 빠져들고 싶어졌다. 더욱이 내가 그리도 잊지 못하던 선화가 바로 곁에 있는데 그걸 아무렇지도 않게 여기려 했지만 실제론 의식하지 않을 수가 없었다. 오히려 우연을 행운으로 여겨 선화와의 만남을 더 만끽하고 싶은 충동이 일었다.

더욱이 선화가 결혼을 치루지 않았다는 사실을 알고 나자 내 마음을 부추겨 거들어 세웠다. 난 여태껏 약혼한 선화가 결혼까지 한 줄로만 여기고 있었다. 그런데 아직까지 결혼을 않았다니 믿기지 않았다. 오만 잡생각이 영상처럼 오가면서 시간이 훌쩍 지나 노을 속에 어둠이 들자 정원에 여러 칼라 조명등이 켜졌다.

처음엔 별로 마음에 닿지 않던 정원에 전시품들이 어둠과 조명을 함께 받자 사랑의 열정이 환생되어 마치 살아 움직이는 것처럼 꿈틀꿈틀 다가왔다. 더욱이 감미로운 음악이 그 조각품과 그림들에 닿자 마음을 한층 더 흥분케 했다.

곧이어 붉은 드레스로 갈아입은 선화가 양식 메뉴로 식탁에 세팅을 해 주었다. 붉은 와인도 곁들여졌다. 한쪽엔 촛불까지 피워졌다. 사방으로 여인의 붉은 향수가 퍼져 가자 파도가 주체를 못하곤 계속 출렁출렁댔다.

"이제 드세요!"

"감사합니다. 같이 한 잔 나누죠?"

분위기에 고조된 김 회장이 건배를 제안했다.

"고마워요. 이 바닷가 별밤 정취와 음악을 함께 어울러 음미하면 식사가 더 맛있을 거예요."

"이런 초대를 받다니 영광입니다."

"그만큼 대접받을 자격이 충분하세요."

"원래 자격 조건도 있었나요?"

"다, 제가 정해 놓은 기준이지만, 일단 기본으로 저희 집을 스무 번이나 찾아 주서야 하고요. 또 제 마음을 움직이셔야만 해요."

"그거 쉽지만은 않은 조건이네요."

"호호! 제가 여기 오픈한 지 두 해가 되는 데요, 오늘이 딱 두 번째에요."

"그럼 먼저 마음을 움직이신 분이 계셨군요?"

"물론이죠. 하지만 그 사람은 제 마음을 팽개치고 도망간 사람이었어요."

"도망가다니요? 무슨 잘못이라도……?"

계속 이해할 수 없는 말이 오가자 김 회장이 고개를 갸웃하며 물었다.

"그 사람은 제가 제일 사랑했던 사람, 바로 첫사랑이에요. 밤마다 꿈을 찾아다녔었죠. 그런데 꿈속에서 만난 제 첫사랑이 저에게 말하기를 하루라도 못 보면 못살 것 같다더군요."

“아! 많이 사랑하셨나 보군요.”

“예! 하지만 그 사람은 무심하게 제 본심을 헤아려 주질 않았어요. 오래전에 절 버리고 아무도 모르는 곳으로 도망갔거든요. 나중에서야 그 사실을 알았지만 전 이미 약혼한 몸이라 저도 어쩔 수 없었어요. 그간 멀리서만 지켜보고 있었는데 제가 박복한 지 약혼자마저 비행기 사고를 당한 거예요. 그 이후로 마음을 정리하여 그 사람이 찾아올 것만 같은 이곳으로 내려온 거였죠. 그러면서 그 사람을 언젠가는 만날 거라 믿고 있었거든요. 아마 오늘부턴 구천을 떠돌던 약혼자가 그 사람을 알아보곤 하늘나라로 조용히 떠날 것만 같네요.”

“……?”

두 번째란 말에 실망감을 갖던 김 회장이 그게 자신을 이르는 줄로 여기곤 순간 행복인지 감격인지 겨워하더니 얼굴 표정이 금세 꽃피듯 개화하였다. 감정마저 울컥거리는 숨소리가 크게 들려왔다.

그렇게 한참 동안이나 선화가 활짝 피워 놓은 동백꽃 밭에 묻혀 황홀한 만찬과 달콤한 취흥에 푹 젖어 있느라 늦은 밤까지 시간 가는 줄을 몰랐다.

그날 아주 깊어진 밤이다. 모두가 취흥에 흠뻑 취한 이후였다. 나는 선화가 몰래 준비해 놓은 낚시를 거부치 못

하고 길게 드리웠다. 그러자 탱탱거리는 입질이 손끝에
와 닿았다. 정말 오랜만에 맛보는 자연산이었다.

 꽃잎 드레스 같은 노란 비늘을 벗겨 내자 미끈거리는
하얀 속살이 나왔다. 한 입씩 꽃잎을 따듯 한 점씩 가르
자 달빛 머금은 회즙이 솟구쳤다.

 새벽녘까지 이어진 낚시질에 밤샌 수선화의 열정이 망
울망울 맺혀 왔다. 이내 참을 수 없는 정욕이 분출하더니
끓어오른 용암이 바다로 마구 흘러들었다. 이윽고 화산
재가 걷히자 겸허한 태양이 두 손을 모아 왔다. 그건 초
롱초롱한 별밤이 인도한 거룩한 교합이었다.

분장

서녘 하늘로 하루해가 지는데 석양에 비친 농원이 너무 퇴색해 보였다. 선화와의 해후가 전혀 뜻밖이어서 무얼 어떻게 받아들여야 할지 당혹감과 혼란스러움이 꽉차올랐다. 그 때문인지 사시사철 동백나무들로 늘 푸르게만 보였던 농원 분위기마저 무겁게 느껴진 것이다.

순간적으로 심기일전을 하기 위해선 건물이라도 재 도색을 해야겠다는 생각이 퍼뜩 들었다. 그건 내가 여태 마음속에 담고 있던 선화에 대한 고정관념을 깨트리는 일이기도 했다. 누구든 외모에 갑작스럽게 변화를 준다는 것은 이미 그의 심적 변화가 시작되었음을 대변해 주듯이 나 역시 그렇게 치장이라도 해서 뭔가 마음에 변화를 꽤하고 싶었다.

또 한편으로는 훈수를 두던 김 회장 말마따나 시설 투자 시기를 놓쳐서도 안 된다는 공감도 들어 외형이나마 도색작업을 다시 하기로 작정하고선 마음이 바뀌기 전에 얼른 농원 인근에 새로 조성된 문화마을에 거주하고 있는 도장공 박 씨를 농원으로 불러들였다.

경험이 다분한 박 씨와 타협 끝에 작업 인부들을 내가 직접 지휘 총괄하여 일일이 일당을 주기보단 박 씨에게 모든 것을 일임하는 게 여러모로 효율적인 거 같아 총금액을 정하여 하루 만에 끝내도록 계약을 체결했다.

그렇게 도색 작업하기로 약정한 날, 이른 아침부터 박 씨가 여러 명의 인부들을 데려와 콤프레서를 틀어 놓은 채 페인트와 신나 등 도색 재료며, 또 사다리와 로울러 등 공사에 필요한 여러 도구들을 옮겨 가면서 작업 준비를 하느라 농원 전체가 부산하고 소음이 컸다.

"아직 이른 시간이라 관광 나가지 않은 손님들이 좀 있으니 천천히 하면 안 되겠어?"

"그러다간 오늘 하루 만에 다 못 끝내거든요."

"기계 소리가 너무 시끄러워서 그래."

"공사하는데 소리 안 내고 어떻게 해요? 우리한테 이러지 마시고 차라리 손님들한테 빨리 관광 나가 달라고 부탁해 보세요. 지금 페인트를 섞어 놓아 기계를 멈춰 버리면 다 굳어 버려서 못쓴다고요."

"……."

공사판을 무수히 다녀 본 경험이 많은 박 씨는 내 말에는 아랑곳 않고 작업을 더 서두르기만 했다.

이미 발동 걸린 콤프레서 소리가 끊임없이 쿵쿵거려 귀가 맹맹했다. 테두리마다 녹이 시뻘겋게 슬어 있어 제 기계 소리에 금방이라도 부서져 나갈 것만 같았다. 어디서 퇴물을 가져온 모양이다. 그래도 아직은 쓸 만한지 용쓰느라 발악하는 기계음 소리에 오금이 찔끔 저렸다. 동백나무와 야자수 등 정원수들도 기계음에 놀랐는지 제 몸통들을 바짝 오그라트렸다.

"새벽부터 뭔 소리가 이리 시끄럽데?"

콤프레서와 제일 가까이 있는 손님이 방문을 열곤 짜증을 내며 말했다.

"미안합니다. 오늘 외부 공사가 좀 있어서요."

"그런 일은 손님 없을 때 해야죠. 비싼 돈 주고 조용히 쉬러 왔는데 이거 원 골치가 더 아프네요."

"저, 죄송합니다만, 좀 일찍 관광 나가시면 안 되겠습니까?"

"뭐라고요? 여긴 손님보다 주인 말이 우선입니까?"

"그게 아니고요. 보수공사 땜에 그래요. 오늘 하루면

다 끝나거든요. 대신 이따가 저녁에 특식으로 말고기 육
회를 올려드릴게요."

"우리가 뭐 말고기 못 먹어서 환장한 사람도 아니잖아
요."

"죄송합니다!"

손님이 짜증 부리는 것을 말고기 육회로 타협하려 했
지만 오히려 반감하는 바람에 내 속만 더 뒤집어 놓아 울
화통이 났다. 그렇다고 손님에게 뭐라 할 수는 없었다.

"나 원 참! 사정이 정 그렇다 하니 하는 수 없지 뭐!"

투덜거리는 손님이 어쩔 수 없다는 듯이 인상을 찌푸
리며 평소보다 일찍 서둘러 나간 후에야 겨우 안심이 들
었다. 그러자 화살이 고집불통인 박 씨에게로 가선 한 방
면박이라도 주고 싶은 심정이 들었지만 하던 공사를 마
저 끝내는 게 우선이라 꾹 참고만 있었다.

"색이 너무 짙네요!"

박 씨가 도색하는 걸 바라보다가 색상이 맘에 들지 않
아 큰소리로 말했다.

"원래 이 색이라 했잖아요?"

"내가 언제 그랬어?"

이미 내 심보가 뒤틀린 뒤라 말투가 곱지 않았다. 속마
음은 억지로라도 트집을 잡을 심사였다.

“분홍색으로 하라며요?”

“무슨 말씀을? 분홍이 아니라 연분홍이라고 말했는데 귀 좀 휘비고 다니세요.”

“어제 분명 꽃 색이라 그랬는데……?”

“꽃 색이 아니라 꽃잎 색이라 말했거든요?”

“그 색이 그 색 아닌가요?”

“그럼 같은 손가락이라고 엄지하고 검지가 다 같은 가락인가요? 엄연히 다르죠. 돈 받으시려면 다시 칠해 주세요.”

“……?”

겉마음은 억지로 합당한 이유를 달았지만 속마음은 손님에게 당한 화풀이였다. 사실 분홍이고 연분홍이고 색상을 정하지는 않았다. 단지 동백꽃과 농원이 어우러지게만 해 달라고 부탁했을 뿐이다.

왜냐면 박 씨가 도색에 대해서는 나름대로 전문가여서 알아서 잘해 달라고 위임했을 뿐이니 사실은 박 씨 잘못이 아니었다. 그럼에도 얼굴을 붉으락푸르락하는 나완 달리 박 씨는 별 화도 대꾸도 없이 사다리에서 내려와 담배를 한 대 피워 물더니 색상을 다시 혼합시키곤 내게 확인을 요청해 왔다.

“이 색이면 돼요?”

"그 정도면 된 거 같네."

섞어 놓은 색상만 보곤 달리 구별할 만한 개념이 없어 난 고개만을 연신 끄떡거리며 말했다.

과묵한 박 씨는 아무런 일도 없었다는 듯이 전혀 내색을 않고 있다가 내 동의를 받자마자 다시 사다리로 올라가선 분사기를 쏴 가며 순식간에 이미 덧칠해진 분홍색을 연분홍으로 뒤덮었다.

그 이후에도 내·잦은 요구를 박 씨가 전혀 짜증이나 불평 없이 일일이 다 들어주느라 해가 져서까지 작업이 이어져 농원 외등을 켠 채 마무리를 겨우 끝낼 수 있었다. 미안한 마음이 들어 뒷정리를 마치고 난 후 박 씨와 인부들을 모두 모아 놓고 표선에서 사 온 말고기로 육회를 만들어 저녁과 함께 소주를 나눠 마셨다.

"고생들 많았수다!"

"뭐, 이 정도쯤이야 아무것도 아니죠, 아마 내일 환할 때 보시면 색상이 밝아 분위기가 한결 산뜻할 겁니다."

"제발 그래 주었으면 좋겠어. 사실은 요즘 내 마음이 싱숭생숭해서 분위기를 바꿔 보려 했던 거여."

"화장한 만큼 아름다움이 묻어나는 법이거든요."

"하하! 그래요?"

비틀어진 아침 마음과는 달리 술잔을 주거니 받거니

돌리면서 취한 마음이 상통해져 밤늦은 시간에 잠이 든 그다음 날 새벽은 안개가 자욱했다.

과음으로 인한 피곤으로 찌뿌둥한 몸을 뒤척이다가 동이 터서야 겨우 일어나 눈을 부스스 떠 밖으로 나와 보니 그때 안개가 서서히 걷혀 가고 있었다. 그 안개 사이로 농원 건물이 확연하게 눈에 띄어 왔다.

순간 내 눈을 의심할 뻔했다. 농원이 온통 연분홍 동백꽃 단지로 변해 있었던 것이다. 착시 현상이었지만 마치 실화와 같아 깜짝 놀라고 말았다.

"오! 너무 아름다워라!"

바로 눈앞에 산들산들 동백꽃잎이 사방으로 휘날렸다. 안개에 촉촉이 젖은 채 막 떠오른 일출에 감춰진 수줍음을 머금고 있어 그 향기마저 은은하게 반짝반짝 빛나고 있었다.

"무릉도원이 따로 없구나! 여길 누가 사람 세상이라 하겠나? 별천지임이 틀림없도다!"

너무 아름다운 선경에 흠뻑 빠져 나도 모르게 그만 큰 소리로 독백하고 말았다.

"뭔 일, 있어?"

주방장이 마침 출근하다가 내 넋 나간 사람처럼 큰소리를 주절거리자 무슨 일이라도 있나 싶어 다급히 물어 왔다.

"보셔요, 여기를. 인간세상 어디에서도 쉬이 찾아볼 수 없는 낙원! 어젯밤 꿈속에 제가 만들어 놓았답니다. 너무나 환상적이지 않습니까?"

"정말 듣고 보니 그러네. 참! 잘 어울려 보여."

"그게 바로 제가 농원을 포기하지 못하는 이유에요. 맨 처음 이곳에 왔을 때, 여긴 내동댕이쳐진 땅이라 황량했었죠. 온통 시커먼 화산토뿐이었거든요. 처음엔 심란한 마음을 진정시켜 보려 몇 그루 동백나무를 심어 보았는데 잘 자라더라고요. 그 후 해가 바뀔 때마다 씨앗이 돋아나 농원 둘레로 돌아가며 하나둘씩 심어 뒀죠. 그 나무가 자라 꽃이 맺는 고결함에 흠뻑 매료되었던 거에요. 결국 세월이 흐르다 보니 이렇게 나무도 단지도 제 마음도 커져 아름다운 환상을 연출하고 있는 거랍니다."

"아예 동백나무랑 살림을 차렸구먼?"

"하하! 그런 격이죠. 그때 누군가를 사무치게 그리워하던 중이었거든요. 사실은 그걸 잊어버리기 위해 몸부림치느라 동백꽃에 더 푹 빠져 버렸던 겁니다."

"그럼, 지금은 어떻고?"

"세월은 약이라잖아요. 또 사람에겐 망각이란 축복도 있고요. 그때부터 고뇌를 멀리하기보단 꽃으로 승화시키는 비법을 깨우치게 되었어요.”

“망각이 축복이라니 무슨 말인지?”

“아! 별 뜻은 아니고요. 우리 뇌가 기억하는 것만이 능사가 아니란 뜻이에요. 때론 잊어버리는 게 슬기로울 수도 있다는 말이죠.”

“그럼, 꽃을 승화한다는 뜻은?”

“동백은 한겨울에도 푸르러 꽃이 얼거나 지지 않는 고결함과 질 땐 미련을 두지 않고 송이채 모든 걸 바치는 붉은 순정, 즉 미움을 미움으로 남겨 두지 않고 오직 사랑으로만 간직한다는 헌신입니다.”

“나도 여기서 일할 땐 아무 생각 없다가 퇴근만 하면 자꾸 상처 입은 생각이 떠올라 한없이 우울해진다니까.”

“그럼 여기서 저랑 같이 살면 되잖아요.”

“……?”

“저, 오해는 마시고, 그러니까 제 말은 그만큼 여기가 좋은 안식처니 앞으로도 훼손되지 않게 잘 가꾸어 지켜 내자는 뜻이에요.”

“아!”

무슨 말인지 몰라 의혹의 눈초리를 보내던 주방장이 진의를 알아채곤 의미심장한 미소를 지어 보이며 주방으로 들어갔다.

　그때 마침 영주산 능선을 타고 오르던 아침 햇살이 활짝 웃어 왔다. 동백나무들도 더욱 풍성해진 연분홍 농원이 맘에 드는지 아침 햇살을 따라잡는 게 한껏 밝아 보였다.

　원두막 사이로 정원마다 군데군데 심어 있는 박달나무와 참꽃나무 또 녹나무와 소철나무 등이 특히 수돗가 매점 뒤로 노란 수선화가 한껏 화사해진 농원 분위기에 이야기꽃을 피우느라 옹기종기 모여 수군수군들 댔다.

국토 순례

밤이 이슥해져 하루 일과를 접으려 했다. 동백나무 산책길을 따라 순찰을 한 바퀴 돌고나선 관리실 불을 끄고 막 나오려는데 ‘국토 순례단’ 이란 종이 푯말이 앞 유리에 큼지막이 내걸려진 관광버스 여러 대가 사전 예약이나 예고 없이 농원 주차장으로 들이닥쳤다.

“숙식할 수 있죠?”

맨 앞 차량에 선탑자가 다급히 내리면서 물어 왔다.

“물론요. 어떻게 이 늦은 밤에⋯⋯.”

“사전 예약한 숙소가 영 엉망이라서 한바탕 다투고 나오는 중입니다.”

“저런!”

그건 뜻밖의 행운이자 수확이었다. 마치 하루 일과가

밤에서 낮으로 되돈 듯했다.

“손님들을 준비도 안 해 놓고선 덥석 받아 놓으면 우린 어쩌란 건지 도무지 이해가 안 되네요.”

“몹쓸 사람들 같으니라고!”

“빈방이 부족다고 한 방에 열댓 명씩 잡아넣는 그런 경우가 세상에 또 어디 있답니까? 우리가 짐짝도 아니잖아요. 돼지도 그렇게 몰아넣지는 못할 겁니다. 참내 어이가 없어서!”

인솔자가 아직 분이 안 풀렸는지 얼굴을 붉으락푸르락거리는데 동행한 여러 명의 버스기사 중 한 명이 눈을 찡긋해 왔다. 오래전부터 안면이 있는 사람이었다. 아마 우리 농원을 소개한 모양이다. 나도 슬며시 눈웃음을 지어 보이며 고맙다는 인사로 화답해 주었다.

“저희 숙소는 넉넉하니 아무 걱정 마세요.”

“저, 부탁이…….”

“예! 뭐든 말씀하세요.”

“혹시, 식사도 가능할까 해서요?”

“지금요?”

“예!”

“아니, 여태 저녁도 못 드셨단 말입니까?”

“그 주인장과 숙소 문제로 실랑이를 벌이느라 미처 못

챙겼거든요. 다들 배고파해서 가능하면 부탁합니다."

"모두 몇 명이죠?"

"기사님까지 포함해서 아흔 명요."

"아! 적지 않은 숫잔데 어찌합니까, 해 드려야죠."

"정말 고맙습니다."

"제 집을 찾아오셨는데 굶길 수는 없잖아요. 얼른 해 드릴 테니 시장해도 조금만 기다려 주세요."

"그럼, 부탁합니다."

배가 고프다는 말에 내가 막상 큰소릴 쳤지만 걱정이 앞섰다. 그건 주방장이 퇴근한 후였기 때문이다. 급히 주방장에게 호출을 해 보았다. 그러나 주방장은 퇴근길에 다른 직원들과 단합대회를 한다며 이미 곤드레만드레가 되어 만취 상태였다. 그렇다고 손님한테 끼니를 거르게 할 수는 없었다.

일단 식당으로 가선 불을 훤히 켜 놓았다. 그리곤 잠시 생각 끝에 바로 하늘이 내려주신 기회다 싶어 선화에게 전화를 걸어 급히 도와 달라며 명분을 내세웠다.

"이 밤중에 무슨 일이래?"

"갑작스런 일이 생겼어. 손님들 식사를 급히 해 주어야 하는데 직원들이 모두 술에 취해 인사불성이야. 수고스럽지만 선화가 와서 좀 도와줘야겠어."

"식사 인원은 몇인데?"

"아흔."

"아흔 명이나?"

"어! 좀 많지?"

"글쎄! 반찬도 국거리도 준비해야 하는데 이 밤중에 너무 갑작스럽네."

"내가 도울 테니 좀 부탁해, 굶길 수는 없잖아?"

"알았어! 그럼 내가 얼른 가서 반찬하고 국거리 만들 테니 미리 쌀 좀 씻어 솥에다 앉혀. 그 정도는 할 수 있지?"

"물론이지."

"그럼, 서두르라고."

"알았어!"

그까짓 거 쌀 앉는 정도야 어렵지 않았다. 양이 좀 많았을 뿐 혼자서도 밥 정도는 여러 번 지어 본 경험이 있었기에 마냥 쉽게만 여겼다. 더군다나 선화가 와 준다 하니 불끈 힘이 솟았다.

눈짐작으로 아흔 명 분의 쌀을 씻어 솥에 담은 다음 가스 화로에 불을 지폈다. 가스가 퍼런 불꽃을 내며 활활 타오르는 것을 막 확인하고 있는데 선화가 총알택시를 타고 왔는지 헐레벌떡거리며 주방에 들어섰다.

“뷔페로 자율 배식하는 게 빠르거든, 접시하고 숟가락, 포크, 국그릇 좀 배열해 줘.”

“오케이!”

시간이 재촉했고 손이 모자라 경황이 없었지만 다행히도 요리에 능한 선화가 서둘러 준 덕분에 하나둘 반찬이 완성되어 갔다. 그러나 자정이 가까워 감에 농원 밖은 짙은 어둠에 칠흑이었다. 맛있게 조리되는 음식 냄새가 코를 자극하며 그 어둠을 뚫고 사방으로 퍼져 갔다.

선화가 다양하게 요리 솜씨를 발휘하여 지지고 볶고 또 구워 내어 준 반찬들을 일일이 큰 배식 용기에 옮겨 담았다. 이젠 밥만 지어지면 배식 준비는 모두 끝이 나게 되었다.

“어서 식사들 하러 오라고 해!”

“알았어!”

방송실로 급히 달려가다시피 하여 식사 준비가 다 끝났다는 안내 방송을 했다. 그러자 다들 배고파서 눈 빠지게 기다렸다는 듯이 순식간에 식당으로 모여들었다.

“김 빠지는 소리가 났지?”

선화가 국거리 간을 보면서 말했다.

“어? 아마 빠졌겠지.”

전기밥통과는 형식이 다른 대형 가스밥솥이라 외형으

론 취사 표식이 나지 않는다. 단지 김이 빠지면 밥이 다 지어진 것임을 알 뿐이었다. 그 김 빠지는 소릴 듣지 못한 나와 선화는 순간 서로의 눈을 마주했다. 두 눈빛으로 불안감이 슬며시 스며 왔다.

"혹시, 잘못된 게 아냐?"

"설마?"

난 몸마저 굳어졌다. 어떻게 쌀을 안치고 불을 지폈는지 기억이 하나도 나지 않았다. 불안감이 엄습했다.

"밥 주세요!"

국토 순례단 일행들이 첫날부터 숙소를 정하지 못해 우왕좌왕하고 또 밤늦게까지 식사들을 못해 언짢아하고 있었지만 이젠 숙소도 정하고 밥을 먹을 수 있다는 생각에 다들 생기가 돋은 모습으로 식당 밖으로 길게 줄을 서서 목을 길게 뽑곤 어서 밥 달라고 재촉해 왔다.

"솥뚜껑 한 번 열어 봐. 여태 안 될 리가 없는데……."

"그래 봐야겠어. 가스불도 꺼져 있어!"

내가 조심스럽게 조금씩 솥뚜껑을 열어젖혔다. 하지만 김이라곤 전혀 일지 않았다.

"어라?"

"쌀이 그대로 있네?"

"왜 이렇지?"

“어머! 이를 어째? 쌀에 물을 안 채웠잖아!”

“…….”

순간 난 심장이 뚝 떨어지는 줄로만 알아 아무 말도 못하고 벙어리가 되었다. 쌀을 씻어 넣곤 물을 채우지 않은 채로 가스불만 지핀 것이다. 대형 가스밥솥은 수분이 없으면 가스가 곧 꺼지도록 자동 인식되어 있었다. 무거운 바위가 짓눌러 와 가슴이 덜컥 내려앉았다.

“이를 어쩌지?”

“큰일 났네!”

밤중에 벌이라도 주는 것처럼 그것도 아흔 명이나 줄을 세우곤 밥을 다시 지어야 한다는 생각이 들자 미안한 감이 공포로 변해 밀쳐들었다.

“얼른 상황을 설명하고 양해를 구해요.”

“몇 분 정도면 되지?”

“쌀이 불어 있으니 속성으로 지어 볼 테니까, 조금만 어떡하든지 끓어 봐.”

“알았어!”

이미 벌어진 일을 사실 그대로 전하고 사정을 구하는 거 외엔 달리 방법이 없었다.

“양해 하나 구할게요. 반찬은 다 만들어졌는데 밥에 뜸이 덜 들었으니 조금만 더 기다려 주세요.”

"괜찮아요!"

"맛나게만 해 주세요!"

식사 준비가 늦어 짜증이나 원성을 낼 줄 알았는데 오히려 예상 외로 여기저기서 아무렇지도 않다며 도리어 응원하는 말들이 들려왔다. 그 젊은 말들이 무척 싱그러웠다.

하늘가엔 별들이 총총해 저마다 소곤거리며 별밤을 헤고들 있었다. 모두가 한결같이 배고픔보다는 정감 있는 밤하늘에 심취해들 있었다.

저건 무시무시한 황금사자자리며, 저거는 봄의 여신인 처녀자리며, 또 아름다운 왕자물병자리며, 북두칠성 꼬리가 된 솜씨 없는 목수 이야기, 그리고 천정 부근에 유난히 밝은 별이 세 개나 있는데 하나는 직녀성, 또 하나는 견우성, 나머지 하나는 백조자리의 일등성인 데네브라는 등 마치 무수한 별들과 한 몸이듯 농원 곳곳에 켜진 오색등에 수놓아진 마음들이 무척 정답기만 했다.

이내 밥솥에서 차지게 지어진 구수한 김이 별밤 하늘로 모락모락 지펴 오르자 식욕이 한층 고조된 일행들이 한꺼번에 식당 안으로 우르르 들어선 밥과 반찬들을 큰 접시에 옮겨 담아 정신없이 먹느라 숟가락과 포크를 양손에 잡고 달그락거리는 소리들이 마치 천상에서 별자리들이 내려와 환상의 오케스트라를 연주하는 것만 같았다.

"수고 많았어!"

"뭘, 이런 걸 갖고……."

"선화가 아니었으면 다들 쫄쫄 굶었겠지?"

"아니야, 오빠가 다 마음 착해서 된 거야!"

한없이 고마운 생각이 들어 선화의 등을 포옹하며 가볍게 두드려 줬다. 선화를 불러들인 건 급한 마음이라 갑자기 결정한 거 같았지만 사실은 재회한 이후부터 은연중에 선화를 떠올리고 있었던 것이다. 늦은 밤중이라 더는 대화나 생각할 겨를이 없어 빈방을 내주어 농원에서 일단 잠을 청하도록 했다.

다음 날 아침, 일찍이 일행 모두가 국토 순례 일환인 올레로 이동하기 위해 급히 출발하려던 버스가 정문을 나서다 말곤 끽! 하고 멈춰서면서 한 여대생이 급히 내렸다.

"인터넷 좀 쓸 수 있어요?"

"인터넷?"

"예! 오늘 원고 마감인 줄 깜박했어요."

"그렇잖아도 어제 고장 나서 신고해 두었는데 오늘 중으로 고쳐 준다고 했으니까, 이따 다녀오면 쓸 수 있어요."

"당장 제출해야 하거든요. 어디 다른 데 없을까요?"

"이 주변엔 없어서."

"그럼! 큰일인데……."

당장 인터넷을 쓸 수 없다 하자 여대생이 어찌할 바를 몰라 하며 난감해했다. 보기에도 무척 중요한 일 같았다.

"그럼, 일행을 기다리게 할 수 없으니 먼저 출발시키고 내가 별도로 표선면에 데려다 줄게요. 거기 면사무소에 가면 무료 인터넷이 있거든요."

"수고스럽지만 좀 도와주세요."

"부탁합니다!"

지체하고 있는 다른 일행 때문에 출발을 재촉하던 인솔자가 걱정이 되었는지 다가와 간곡히 부탁을 해 왔다.

"어려운 일이 아니니까 걱정 마세요. 인터넷 끝나면 일행이 있는 데까지 데려다 줄게요."

"고맙습니다!"

인솔자와 여대생이 번갈아 가며 감사를 표해 왔다.

"자! 먼저들 출발하세요. 곧 따라 보낼게요."

"예! 그럼!"

인솔자가 손을 흔들어 왔다. 곧바로 버스들을 모두 출발시키고 나자 걱정이 많았던지 여대생이 긴장하고 있는 표정이 역력했다. 늦잠에 깬 선화와 함께 봉고차에 태워 표선에 있는 면사무소로 갔다.

"그렇게 중요한 것 같으면 일찍 좀 서두르시지 그랬어요?"

내용을 듣게 된 선화가 여대생에게 물었다.

"생각하고는 있었는데요, 어젯밤 숙소 때문에 늦게 옮기느라 그만 깜박했어요. 나이도 어린 년이 가끔 이래요."

"하하! 망각은 꼭 나쁜 것만은 아녀. 사람이 살면서 모든 걸 다 기억하게 된다면 아마 머리가 폭발할걸?"

이번엔 내가 말을 받았다.

"꼭 중요할 때마다 잊어버리니까 걱정인 거죠."

"하긴 나이에 비해 좀 그렇긴 하네."

"정말 고맙습니다."

"하하! 우리 손님일인데 모른 척은 할 수 없지. 자! 면에 다 왔으니 일 보고 나오세요. 여기서 기다리고 있을게."

"예!"

얼마 걸리지 않아 면사무소에 도착하여 여대생을 민원봉사실 안으로 들여보냈다. 유리문 입구엔 인터넷 무료 개방이라는 큼직한 안내 문구가 한눈에 띄었다.

주차장에서 선화와 함께 음악을 들으며 기다리고 있는데 정원수로 심어 놓은 한라봉이 짙게 노래진 게 햇빛에 반사되어 유난히 탐스러워 보였다.

제주에선 민가마다 길가마다 흔히 보는 일이라 평소 색깔이나 생김새가 예쁘다거나 맛이 들어 보인다는 생각을 한 적은 많지만 사연들이 주렁주렁 열린 마냥 감귤나무가 고즈넉하게 보인 경우는 처음이었다.

예전 감귤원에 들어가 노랗게 익은 밀감을 따낼 때만 해도 그런 기분은 없었다. 그저 껍질을 벗겨 시던 달던 맛에만 젖어 보았을 뿐이다.

그 노란 색감이 오늘 따라 가슴을 호젓하니 젖게 했다. 언젠가 어디선가 내 곁을 떠났다가 나 자신도 모르게 살며시 다가온 사랑이 새콤하게 배어 있는 것만 같았다. 그건 간밤에 선잠을 잔 선화가 조수석에서 금세 꾸벅꾸벅 졸고 있어서 더욱 그러해 보였다. 그 감성이 한라봉만큼이나 크게 다가와 시고 달고 하나하나 따서 옛 추억을 다시 되새김질하고 싶은 깊은 맛이 침샘에 고여 왔다.

"다 끝냈어요!"

십여 분이나 물끄러미 한라봉을 바라보며 옛 생각에 취해 있었는데 여대생이 차창으로 얼굴을 디밀며 말했다.

"아무 이상 없는 거죠?"

"예! 덕분에요."

"그럼 어서 타. 지금 올레 4코스에서 막 출발했다니까 거기까지 차로 한 십여 분 걸려, 데려다 줄게."

"고맙습니다!"

"4코스는 올레 중 가장 길고 오름과 바다길이 어우러져 있어 아주 명물 코스라서 걷다 보면 감탄사가 절로 날 걸."

"우와! 정말요?"

"그럼! 근데 종착지인 남원포구까지 걸으려면 좀 벅찰 텐데 괜찮겠어?"

"걷는 건 웬만해선 뒤지지 않아요."

"하하! 저기 일행이 보이네. 여기서 내려줄 테니 부지런히 쫓아가. 그리고 이따 올레길 다녀와서 느낀 소감을 말해 주고?"

"알았어요!"

여대생이 손 흔드는 걸 지켜보다 가물거리자 잠시 차에서 내려 해안을 둘러보았다. 파도가 출렁이는 넓은 해수욕장엔 해녀상이 우뚝 서 있었고 그 주변으로 십이지간의 석상들이 바다를 불러들이는 것만 같았다. 물결 자국이 그대로 남아 있는 백사장을 사뿐히 밟아 보니 사각하고 천일염이 부서지는 소리가 났다.

순례단 일행이 표선해수욕장을 거쳐 바다에 물이 얕은 갯늪을 넘어 해비치리조트와 민속박물관을 돌아서고 있는 게 보였다. 바다와 해안도로 사이로 모두가 한결같이 하늘색 조끼를 걸친 채 걷고 있는 일행의 행렬이 커다란 용의 몸짓이듯 꾸물꾸물거렸다.

밤새 잠을 못 이룬 건지 마냥 꿈에 빠져 있는 선화를 깨우지 않고 그대로 태운 채 보목포로에 있는 선화의 찻집까지 바래다 주었다.

"밤새 잠을 못 잤나 봐?"

"응!"

"커피 있어?"

"그럼! 나 정신없이 잤지?"

"호호! 누가 잡아 가도 모르겠더구먼."

"어제 너무 갑작스러워서 말은 못했지만 너무 피곤했거든."

"고마웠어!"

"어떻게 날 부를 생각을 했어?"

"사실은 핑계삼은 거지."

"호호!"

선화가 말은 않고 피식 웃기만 했다. 잠시 대화가 끊겨 선화가 차를 준비하는 동안 난 내부를 둘러보았다. 예쁜 수예며 인형이며 그림들이 즐비한 게 따사로운 햇살에 살아 있는 듯해 정감이 들어 보였다.

그 풍경들을 파노라마로 한 바퀴 돌려 보는데 선화의

섹시한 뒤태에 시선이 딱 멈춰 버렸다. 나도 모른 충동에 살포시 다가가 뒤를 껴안아 주었다. 순간 선화의 가녀린 떨림을 느꼈지만 선화는 거부하지 않았고 오히려 미리 기다리고 있었던 것처럼 가벼운 신음 소리를 냈다. 그 순간만큼은 세상의 포근함이 다 모인 것만 같았다.

"나, 키스해 줘!"

선화가 돌아서며 눈을 감곤 내게 속사이듯 말했다. 나는 이미 욕망에 불타 있어 선화의 말이 떨어지기도 전에 선화의 입술에 내 입술을 나비가 꽃에 나래를 접듯 포개 버렸다. 처음엔 입술만 닿던 것이 곧바로 선화가 입술을 열더니 뜨거워진 입김으로 혀를 밀쳐 왔다. 그러다가 다시 내 혀를 선화가 끌고 갔다. 밀물과 썰물이듯 내 혀가 선화의 입을 오가며 몇 차례 파도치듯 철썩이더니 끝내 거부할 수 없는 그 무언가가 물컹거리며 솟아올랐다. 선화는 신음을 내며 온몸을 내게 맡겨 왔고 나 역시 온몸으로 선화를 받아들였다. 얼마나 뒤척였는지 그 신음 소리가 잦아들면서 졸음이 한꺼번에 밀려오는 바람에 날이 어둑해져 가고 있는지 조차도 모르고 있었다.

급히 깨어 농원에 돌아와 보니 때마침 순례단 일행이 다들 지친 모습으로 돌아왔다. 하지만 얼굴들은 섬과 바다의 아름답고 색다른 경관과 정취에 흠뻑 빠진 듯 상기되어 있었다.

한결같이 허기진다 하여 서둘러서 식당에 배식을 마치고 잔반을 거둬들이는 모습들을 지켜보는데 아침에 그 여대생이 눈웃음을 지어 왔다.

"밥이 너무 맛있어요!"

그 감탄하는 소리가 유난히 크게 들렸다. 사방에서 식사 중이거나 식사를 마치고 물을 따라 마시거나 아니면 배를 채운 포만감에 흐뭇해하며 식당을 나서는 이들 모두의 눈총이 일순 따갑게 모여들었지만 여대생은 아랑곳하지 않았다.

"맛있게 드셨다니 기분이 참 좋네."

"여태 이렇게 맛나게 먹어 본 적이 없었던 것 같아요."

"정말?"

"그럼요!

"시장이 반찬이긴 하지만 그래도 우리 주방장 음식 솜씨는 다 알아 준다니까."

"원래, 제가 소식가인데 오늘 두 그릇이나 더 먹었어요. 자, 봐요!"

여대생이 배를 내미는 흉내를 내보였다. 원래 날씬한 체형이라서 표식은 그리 나지 않았다. 아마 마음까지 넉넉해진 게 아닌가 하고 여겼다.

식사들을 다 마치고 나더니 저마다 제 숙소로 들어갔다. 긴 올레를 걷느라 평소보다 아마 더 힘들었던 모양이다.

식당 뒷일이 거의 마무리되면서 관리실에서 장부를 정리하고 다음 날 일과를 훑어보고 있는데 창가로 사람이 아른거리는 게 보였다. 창문을 열어 보니 그 여대생이었다.

"인터넷 고쳤어요?"

"그럼! 왜 필요해?"

"잠깐 써도 될까요?"

"물론이죠."

여대생이 방긋 웃음을 지어 보이며 관리실 문을 드르륵 열더니 성큼 들어왔다.

"피곤하지 않아?"

"사실 피곤하긴 한데요, 아까 올레길 소감을 말해 달랬잖아요?"

"아참! 깜박했네. 그래 괜찮던가요?"

"괜찮다 뿐이겠어요? 아주 황홀했죠. 전 어려서부터 여행을 참 좋아했어요. 세계적으로 명성이 높은 유적지며 오지 순례지도 여러 번이나 다녀왔고요. 물론 국내외 배낭여행도 많았지만요."

"보기보단 대담한 면이 있네."

"아마 남자로 태어났으면 한몫했을 걸요?"

“그래요?”

“그럼요! 학교에서 총학생회장도 맡았는데요.”

“오! 대단해. 그래 오늘 올레길 걸어 본 소감은 어땠어요?”

“나름대로 다 특색은 있지만 그래도 걷는 길만큼은 올레가 훨씬 아름다워요. 보통 트래킹하면 주로 산악이나 계곡 같이 인간의 한계를 넘는 황량하고 극한적인 데가 많잖아요. 이에 비해 제주 올레는 바다와 오름 또 들과 숲 등 거치는 곳마다 사람 사는 이야기가 주렁주렁 서려 있어요. 볼거리도 아주 많고요. 게다가 걷는 코스도 다양해서 원하는 만큼 또 걷고 싶은 만큼만 걸을 수도 있으니 얼마나 좋아요. 잡다한 생각이나 고민도 훌훌 털어 낼 수 있어 더욱 좋더군요.”

상기된 여대생의 얼굴 표정이 무척 밝아 있었다. 이야기하는 동안 환한 표정과 미소를 조금도 잃지 않았다. 아침에 보였던 초조함이나 긴장감은 전혀 남아 있지 않았다. 오히려 눈망울을 초롱초롱거리는 게 은근슬쩍 연민이 깃들어 전해 왔다.

“오늘 너무 고마웠어요!”

“그 정도 갖고 뭘?”

“그 정도라니요? 저한텐 아주 중요한 일이었는데요.”

“하하! 그럼 커피라도 타 주던지.”

“커피 같고 되겠어요?”

“내가 뭘 바라고 한 것은 아니잖아. 커피 하나면 아주 황송하답니다.”

그 순간 무언가를 찾거나 확인한 것처럼 빙그레 웃어 보이는 여대생의 두 볼에 보조개가 지어졌다. 이내 그 보조개가 봉선화로 막 물들인 것처럼 붉어졌다. 아직 덜 빨개진 햇사과와도 같았다. 그걸 물끄러미 바라보던 내 눈이 갑자기 새콤해졌다. 잔잔하나마 호기심까지 살랑였다.

한 사람이 다른 또 한 사람을 바라볼 때 어떤 관점을 갖고 대하냐에 따라 편함과 긴장이란 꿍꿍이가 교차한다. 특히 이성관계로 좋아하고픈 속마음을 감출 때 한 번 흔들린 감정은 억제할 수 없을 만큼 한층 더 증폭된다. 거짓말 탐지기가 바로 이 부분을 들춰내고 있다.

실내등에 비친 여대생의 눈부심에 내 벌거벗은 마음이 비쳐졌다. 그건 설렘이란 밀물 파고였다. 한 번 인 파도는 억지로 멈추려 해도 그쳐지질 않았다. 그건 착각일 수도 있었다. 매혹인가 유혹인가, 형체 없는 그 무엇에 내 마음이 억지로 이끌림을 당했다.

“인터넷은 다 핑계라고요.”

"핑계라니?"

여대생으로부터 뜻밖의 말이 튀어나왔으나 그 말뜻을 단박에 알아듣질 못해 고개만 갸우뚱했다.

"어젯밤 전 달의 여신 아르테미스를 사랑하다가 그녀로부터 죽임을 당한 오리온의 별자리를 보았거든요. 너무 호감이 들어 어쩌시나 하고 한 번 와 본 거뿐예요."

"그럼 내가 화살 맞은 오리온이라도 되길 바란 건가요?"

"예!"

"의도적으로?"

"죄송해요! 오늘 너무 고마웠어요."

"……."

장난기 섞인 여대생의 말을 어떻게 받아들여야 할지 판단이 서질 않아 잠시 주춤했다.

"그렇다고 화내시진 않으시겠죠?"

"설사 사실이라 해도 전혀 개의치 않아요. 이렇게 순수한 신의 애정을 느껴 본 지도 참 오래됐어."

"정말요?"

"하하하!"

철없는 감정 같아 더는 이야기를 나누는 게 부적절해 보여 웃기만 했다. 그건 아무도 없는 밀실에 그것도 단둘

이서 애정을 논하고 표현하는 것 자체가 적절치 못하다고 여겼던 것이다.

그러나 난 그 분위기와 기분을 깨트리고 싶지 않아 단호하게 제지하지 못하고 머뭇했다. 오히려 편승해 만끽하고 싶은 충동이 일었다. 그건 아마 눈이 멀고 가슴이 고장 난 것인지도 모르겠다.

"대신 커피는 타드릴게요."

"지금?"

"예!"

지금이란 내 물음에 고개를 끄덕거리는 여대생의 눈동자가 보름달만큼이나 커지면서 결국엔 내 마음을 뒤흔들어 놓았다.

어느 프로그램에 커피 장인과의 대담이 있었다. 사회자가 진짜 커피는 어떤 맛이냐고 묻자 그 커피 장인은 조금도 주저함이 없이 순수란 참맛이라고 답했다.

여대생의 눈동자에도 바로 그 참맛이 감돌았다. 그렇다고 그 참맛에 이성이란 표현을 선뜻 갖다 붙이기엔 다소 무리였다. 그저 바라보는 수줍음이기도 했고 화분에 곱게 담긴 분꽃과도 같이 화려하지도 않고 표가 나지도 않게 소박하기만 했다.

"커피가 꼭 마시고 싶을 때가 있어요. 바로 오늘 같은 때죠."

"그럼 커피만 마시는 겁니다!"

"예!"

그때 전기포트가 물을 끓여 내느라 달달거리는 소리가 났다. 수증기가 뚜껑 틈새를 비집고 쑥쑥 피어오르면서 생화가 피어 있는 커피 잔에 커피 과육이 우러났다. 설렘은 어느새 커피 향에 스며들어 감성으로 변해 갔다.

그 감성은 성적에 매료된 에로스 사랑이 아니다. 또 장난스런 루드스 사랑도 아니다. 더욱이 격정적인 마니아 사랑도 아니다.

어느 날 갑자기 나 자신도 모르게 소리 없이 스며든 우애적인 스토르게 사랑일 뿐이다. 어쩜 이루어질 수 없는 플라토닉 사랑일지도 모른다. 그럼에도 그 달콤한 유혹에 빠져들고 싶은 충동이 나 자신도 모르게 일었던 것이다.

"낯선 사람한테 불쑥 그러는 게 아녀요. 다음부턴 안 그러실 거죠?"

"그게 왜요?"

"진심도 과하면 오해가 된다잖아요. 특히 남녀 간에 이성 문제는 더욱 그렇고요."

"좋은 감정을 굳이 감추란 말예요? 저는 내숭떨 줄 몰라요."

"하하하!"

여대생의 순진한 말을 듣는 순간 혹 잘못 소문나거나 오해받으면 아주 된통을 당할 수도 있다는 생각이 미처 웃어만 보였다. 그건 주인과 손님 관계이기 때문에 더욱 그렇다. 요즘 성희롱이니 성폭력이니 하여 사회문제가 빈번하여서 민감한 부분으로 여기지 않을 수 없었다. 여대생은 바로 달의 여신 아르테미스가 쏜 독화살이었고 난 그 독화살을 용케도 피해 갔다.

비록 태풍처럼 순식간에 몰려왔다가 순식간에 사라진 애틋함이 묻어 있었지만 그건 에로스와 스토르게를 뒤섞은 아가페 사랑이기도 했다. 나 자신이 아닌 타인을 배려하는 마음, 또 나보다 더 적절한 사랑에게 양보하는 그런 마음이었다. 그러나 사실은 본심을 숨긴 비겁함이었을지도 모른다.

태풍

농원 바로 앞에 우뚝 서 있는 영주산에는 옛날부터 전해 오는 아주 기이한 현상이 하나 있다. 그건 봉우리에 안개가 끼는 날이면 그날은 꼭 비가 온다는 사실이다. 그 안개가 끼어 비 오는 날이면 선화가 더욱 생각났다.

내가 선화를 본격적으로 그리워하게 된 것은 바로 국토 순례단이 다녀간 직후였다. 어쩌면 수선화 전설처럼 착각에 빠져 선화에게서 사랑의 열정을 느낀 후일지도 모른다.

내 스스로 잊으려 제주에 내려온 이유였던 그녀 선화를 향한 마음이 점점 커져 가는 걸 확신하게 된 것은 선화가 나를 찾으면서였다. 나 역시 문득문득 보고 싶어지곤 했지만 더는 사랑의 감정을 갖지 않기로 마음먹었던 터라 겉으론 태연한 척만 했을 뿐이었는데 멀리하거나 미워하기보단 사랑하는 마음을 가질수록 속마음이 더 편해 옴을 알게 되었다. 또 한편으론 밉던 좋던 사랑을 거부하고 미워하는 게 대수는 아니라는 생각도 들었다.

여러 생각으로 고심하던 중 하루는 선화로부터 전화가 걸려 왔다. 그 전에도 몇 차례 통화는 했었지만 대부분 일상적인 일이나 사업에 관한 이야기뿐이었고 또 모두가 전화상이었다.

"바빠요?"

"아니! 괜찮아……."

처음 만난 게 사춘기 시절이라 사랑이 뭔지는 정확히 알지는 못하였다. 그러나 한때였지만 그래도 좋아하고 안 보이면 보고 싶어 하는 사이였다. 그 후 서로 다르게 살면서 세월의 공백이 너무 커서인지 아니면 좀 서먹서먹해서인지 영 말을 놓질 못해 말끝을 흐렸다.

"좀 도와줄려?"

"왜, 무슨 일 있어?"

"대청소를 하려고 일을 벌려 놓긴 했는데 너무 힘이 부쳐서, 바쁘면 놔두고요."

선화의 말엔 은근슬쩍 내 맘을 떠보는 투가 뒤섞여 있었다. 그러나 이면엔 당연히 도와주길 바라는 눈치였다.

"뭐, 필요한 건 없어?"

"그냥 몸만 오면 돼요. 여기 다 있거든."

"알았어, 곧 갈게."

우리 농원에서 선화의 찻집까진 자동차로 그리 먼 거리는 아니었다. 그래도 빈손으로 가기엔 뭐해서 밭에 나가 상추며 고추며 깻잎, 그리고 호박과 가지 등 채소류를 큰 봉지에 담아 갔다. 야채 값이 올랐어도 우리 농원에서야 흔하니까 시장 물정을 구애 안 받지만 일일이 사다 먹는 선화에겐 긴요할 것만 같았다.

"뭘, 시킬 거지?"

여기저기 찻집 가구 등을 온통 드러내 놓고 있어 어수선하기만 해 무엇을 도와줘야 할지 난감했다.

"바닥 타일을 닦아 내야 하는데 때가 쩌들었는지 잘 지워지지 않네요."

빨래거리는 걱정이 아니었다. 대형 세탁기가 있으니 집어넣고 버튼만 누르면 되는 것이다. 하지만 타일은 보기보단 쉬운 게 아니다. 농원 숙소를 많이 해 봤던 터라 내 요령을 좀 알고 있었다. 그렇다고 덥석 받아 쉬이 해 주고픈 마음이 확 들지는 않았다. 그건 지난 앙금이 아직 남아 있어서였다. 일이래 봤자 세제를 풀어 내가 힘 좀 써 주면 쉽게 끝날 일이었다.

시간도 아주 넉넉하고 음악도 틀어져 있어 또 둘뿐이라 분위기도 호젓하니 좋았다. 성질상 평소 웬만해선 미동도 않던 야자수가 바람에 용암 일 듯 꿈틀꿈틀거렸다.

"일 시키려면 먼저 술 한 잔 줘야죠?"

정감이 드는 분위기완 이질적인 무거운 공기를 떨쳐 내기 위해 내가 먼저 술을 찾았다.

"일 마치고 마셔."

"원래 일에는 흥이 있어야 하거든."

"지금 못 내오는 데……."

"시간 많으니 천천히 해. 내가 다 해 줄게."

"그럼 하던 거나 마저 끝내 놓고, 잠깐만 기다려요."

선화 마음도 나와 같았다. 내가 도와주면 단시간에 마칠 수 있는 일임을 알고 있었다. 어쩜 구실 삼은 건지도 모른다. 설사 구실일지라도 그리 나쁘게 생각진 않았다. 그렇지만 일도 하기 전에 술부터 내주긴 썩 마음이 내키지 않았는지 선화가 미적거렸다.

선화는 이미 고무장갑을 끼고 긴 솔에 세제를 풀어 바닥 타일을 닦고 있었다. 누런 때가 잘 지워지지 않는지 한껏 힘을 주었다.

"퉤퉤!!"

선화가 일하느라 용쓰는 게 새삼 귀여웠고 또 엉덩이

를 씰룩거리는 뒤태가 탐스럽게만 느껴져 좀 더 가까이
엿보려 얼굴을 디미는데 선화가 그만 힘을 주다 튄 솔에
서 누런 세제 거품이 내 얼굴로 덮쳐 왔다.

"호호!"

"에이! 무슨 여자가 칠칠하긴, 좀 조심하지 않고."

"아! 누가 뭘 그랬다고 그래요? 자기가 얼굴을 들이대
놓고선."

처음부터 의도하던 바가 어그러져 체면을 구긴 난 이
왕지사 버린 몸이라 여기곤 바짓가랑이와 소매를 걷어
올리며 하얗게 거품을 품고 있는 솔을 선화로부터 빼앗
다시피 하여 시컴시컴한 타일 바닥을 마저 쓱쓱 문질러
댔다.

그까짓 것 솔질하는데 힘 좀 쓴다고 구긴 폼이 나겠느냐
만 선화는 그런 나를 바라보는 눈빛이 예사롭지 않았다.
혼자가 아닌 둘이란 편안함과 여유가 묻어났던 것이다.

선화가 그 생각에 잠시 잠겨 있는 동안 순식간에 내가
타일 바닥을 문밖까지 다 밀고선 샤워기로 물을 뿌려 말
끔히 닦아 냈다. 그러자 하얀 본래의 타일 색이 뽀얀 윤
택을 드러냈다.

문 앞에서 털썩 주저앉은 채 나의 알통 박힌 뒷모습을
물끄러미 바라보던 선화를 힐끗 보면서 '저 새하얀 벽타

일처럼 원래 선화도 순수하고 고왔지.' 하며 그런 옛 생
각을 갖자 내 얼굴이 화끈거려 왔다. 세면대로 가서 얼굴
을 푸푸거리곤 타올로 닦지 않은 채 물 튀기는 얼굴로 선
화를 바라보며 개선장군처럼 의기양양하게 엄지손가락
을 들어 보였다.

"굿?"

"오케이!"

선화도 반사적으로 화답하느라 하얀 치아가 다 드러났
다. 그 입술을 열어 둔 채 한껏 미소를 지어 보이는 모습
이 너무 예뻤다. 그동안 미워하던 마음이 일순 눈 녹듯
사그라졌다.

"포도주 줄까?"

"아니! 소주로 줘."

금세 말문이 터졌다.

"그거 독하잖아?"

"괜찮아!"

"소주는 일 다 끝내고 줄게. 안주 끓이려면 시간이 좀
걸려."

"아! 그냥 마시면서 하자구."

나의 말투가 떼를 쓰는 아이와도 같았다.

"알았어. 얼른 내올게요."

주방 안으로 들어가는 선화의 뒷모습을 보고 있던 내 입가가 함박만해졌다. 아주 흐뭇했던 것이다. 둘이 일심동체하여 열심히 일하는 모습은 어느 부부와도 똑같은 모습이었다.

잠시 뒤 선화가 챙겨 온 소주를 나눠 마셨는데 취기가 오르고 얼굴이 붉어지면서 간이 애드벌룬처럼 부풀어졌다.

"우리 다시 사귈까?"

"뭐하며 살게요?"

"뭐하다니 죽을 때까지 행복하게 살자는 거지."

"됐네요. 혼자서도 아무 걱정 없구먼."

"진짜라니까……."

예상 외로 선화의 말투가 고분고분하지 않자 내가 잠시 주춤댔다. 술기운이 떨어지기 전에 뭔가 확답을 받아 놓고 싶어 안달이 났지만 꾹 참고 서두르지 않았다.

이와 반대로 선화는 나의 말을 미더워하지 않았다. 그것은 몸빛을 자유자재로 변화시키는 카멜레온처럼 수시로 생각이 흔들리고 있었던 것이다. 왜냐하면 내 고백이 술에 취해 있어 진정성을 파악할 수 없었던 때문이었다.

"지금 술김에 하는 소리죠?"

"아니라니까!"

"그런 말은 맨 정신에 해도 들어 줄까 말까 한데 왜 취해서 말하는 거냐고요?"

"……."

그 한마디에 할 말을 잃은 난 머리만 극적 대며 단박에 의기소침해 버렸다. 선화는 선화대로 나의 진정성을 믿을 수 없다며 선뜻 마음을 열지 않았다.

그렇게 티격태격 사랑싸움을 벌이면서도 가구 정리를 다 끝내고 나니 얼굴이며 옷가지마다 땀이 절어 있어 더는 낭만이고 감성을 내세울 수 없었다. 후딱 샤워나 했으면 하는 마음만이 간절했다.

그 사랑싸움이 있은 지 딱 한 달이 지날 무렵이었다.

그날은 바람이 아주 세차게 부는 밤이었다. 북태평양에서 강한 태풍이 연달아 불어닥쳐와 태풍 중심권에 들어선 장대비를 무섭게 쏟아 내더니 거센 바람이 밤새 불어 댔다. 나무가 뿌리째 뽑혀 나가고 간판은 물론 쌓아 놓은 물건까지 날아갔다. 정말 무서운 밤이었다.

두려움과 걱정에 잠을 청하지 못하고 프런트에서 뜬눈으로 꾸벅거리고 있었는데 한밤중에 선화한테서 긴박한 전화가 걸려 왔다.

"오빠! 도와줘!"

"무슨 일인데?"

"태풍에 지붕이 부서져 내려 다 날아갈 거 같아! 무서워요!"

선화가 공포에 떠는 목소리였다. 찻집이 마을로부터 외딴집인데다가 바로 바닷가를 끼고 있어 태풍 피해가 더 큰 듯했다.

"무엇이든 큰 기둥을 붙잡고 있어 내 얼른 갈게."

그러나 자동차 시동을 거우 걸었지만 태풍을 거스르기엔 벅찼다. 차마저 날아갈 것만 같았다. 조금만이라도 속력을 더 내다간 비행기가 되어 날아 버릴 듯했다. 폭우마저 쏟아져 앞을 분간하기도 힘들었다. 게다가 각종 나뭇가지와 나뭇잎이 앞 유리에 쏟아져 왔다가 다시 태풍을 타고 휩쓸려 가기를 반복하는 바람에 와이퍼가 제 기능을 다하지 못했다.

평소 같으면 엄두도 못 낼 상황이었다. 하지만 그래도 가 봐야만 했다. 한때나마 좋아하고 사랑했던 선화다. 지금 이 순간 날 가장 필요로 하고 있다. 그동안 서운한 게 하나둘이 아니어서 모른 척할 수도 있겠지만 내 마음 깊은 곳에서 용솟음치는 감정을 차마 억누를 수는 없었다.

성읍마을에서 1136번 도로를 타고 가는데 처음엔 굳은 의지로 출발했지만 마을 서부 어귀인 성읍삼거리를 막 벗어나자마자 차를 멈추고 말았다. 태풍의 힘은 정말 강했다. 사람의 의지를 단박에 꺾어 놓을 정도였다.

그러나 아무리 태풍이 강하고 무섭다 해도 선화를 포기할 수 없는 생생한 기억이 순간 떠올랐다. 마치 한강 잠수교 건너편에서 선화가 손짓하는 것만 같았다.

그건 장마가 시작되어 차량 통행이 제한된 상태에서 강물이 잠수교 바닥을 막 잠기고 있었을 때였다. 그때 선화가 무슨 생각을 가졌는지 잠수교를 뛰어왔다. 놀란 경찰이 막으려고 했으나 이미 선화는 잠수교를 달리고 있었다. 하루도 못 보면 죽을 것만 같다며 비바람을 다 맞아 가면서 강물이 넘실대는 잠수교 중간 지점을 건너오는데 이를 보는 사람마다 다들 숨마저 죽인 채 바라만 보고 있었다.

무릎까지 차오른 잠수교를 겁내지 않고 건너오는 장면은 어느 영화장면보다 더 긴박했다. 무엇 때문에 누구를 위해 선화가 죽음을 무릅쓰고 잠수교를 건너려 했던가? 그 생각을 갖자 내 마음 깊은 곳에서 그 무언가가 불끈 끓어오르는 게 있었다.

'그래! 선화야! 조금만 버티고 있어, 내 금방 갈게!'

나는 이를 악물며 다시 가속페달을 힘껏 밟았다. 다행인 것은 원래부터 바람이 많은 제주의 길은 방풍림이 군데군데 나 있어 그나마 조금씩은 버텨 낼 수 있었다.

하지만 급커브길인 가시리삼거리를 지나는데 워낙 세

찬 태풍이라 차가 밀려 갓길 도랑에 빠지고 말았다. 바퀴가 헛돌았다. 차문을 열고 밖으로 나오는데 내 몸이 태풍에 휩쓸려 중심 잡기가 버거웠다. 주변에 산재한 시커먼 화산석을 주어와 빠진 바퀴를 받치게 했다. 이미 내 몸은 폭우에 젖어 빗물이 눈가며 입가에 냇물처럼 주룩주룩 흘러내렸다.

몇 번인가 빠져나오려 시도를 했지만 허사였다. 그러나 난 이미 선화를 향한 마음에 미쳐 있었다. 죽기 아니면 살기로 대들었다. 달리고자 하는 나의 의욕이 한없이 커지면서 하늘이 감동하여 도왔는지 한참만에야 겨우 빠져나올 수 있었다. 난 그 경황이 없는 순간에도 감사의 기도를 올렸다.

'오! 신이시여, 감사하옵니다.'

겨우겨우 태풍을 지탱하며 작은 마을을 지나는데 마을 전체가 아수라장이었다. 집이며 세간이며 다들 태풍에 춤추듯 너울대고 있었다. 사방이 그러니 어디다 대고 도움을 요청할 수도 없었다. 아마 제주가 생성된 이래 섬 전체가 태풍과 폭풍우 중심기압에 제대로 걸려든 건 처음인 듯했다.

사투를 벌이며 수망리사거리를 지나 의귀교를 지나는데 일시에 몰린 수압을 이기지 못하였는지 작은 교량이

무너져 내려 있었다. 이곳은 억울하게 죽은 제주 4.3사
건의 원혼들이 몰려 있는 곳이다. 아픈 역사가 배여 있는
곳이기에 물살이 더욱 세차 있었다. 도저히 건널 엄두가
나질 않아 남원읍으로 가려던 걸 포기하고 다시 수망리
사거리로 되돌아가 한남삼거리로 우회하였다.

 북쪽 정상 가시덤불 속에 팽나무밭과 깔데기형 굼부리
가 있는 자배봉을 끼고돌아 대성동사거리에서 일주도로
를 타고 효돈 입구를 지나 신효교에서 좌회전하여 마소
물로길을 따라 보목동 삼거리에서 보목포구 쪽으로 향하
는데 바다와 맞닿은 곳이라 파도가 산더미 만하게 넘쳐
왔다.

 차를 더는 몰 수 없어 산가에 안전하게 세워 두곤 폭풍
우를 헤쳐 가며 보목포구를 돌아 제지기오름 아래 바닷
가 끄트머리에 있는 선화의 찻집까지 뛰어가는데 거대한
파도가 끊임없이 몰아쳐 와 몸이 둥둥 떠가는 것만 같았
다. 선화의 찻집은 바다와 길게 직면해 있어 가게 안까지
집더미만한 파도가 쳐들어왔다간 휩쓸고 나가기를 반복
했다. 집안 가구며 조각품이며 그림이며 선화가 목숨처
럼 소중히 여기던 소장품들이 몽땅 다 태풍에 휩쓸려 찢
어지고 부서지고 또 날아가거나 뒤엉켜 있어 마치 폭격
을 맞은 듯했다.

"선화야! 선화야!"

다급한 마음에 목청껏 부르는데 그 와중에도 파도는 쉼 없이 덮쳐 왔다가 세간 살림도구를 마저 휩쓸고 갔다. 마치 쓰나미 같은 게 한 번도 아니고 수없이 오갔다. 그 위태로움 속에 선화가 가장 안쪽 철주 기둥 밑에서 쭈그린 채 얼굴은 빗물인지 눈물인지 범벅이 되어 공포에 얼마나 떨고 있었는지 입마저 하얗게 질린 채 벙어리가 되어 있었다.

"내가 왔으니 이젠 걱정하지 마!"

"엉엉! 엉엉!"

선화는 나를 보자마자 설움이 한꺼번에 몰린 듯 한없이 울기만 했다.

"미안해! 선화를 이런 곳에 혼자 내버려 두다니 모두 내 잘못이야. 선화야 울지 마!"

"오빠! 나 무서운 것은 참을 만했어, 그치만 외로운 것은 정말 참기 힘들어. 오빠가 내 곁에 있어 주라, 응?"

"그래그래! 알았으니까, 더는 울지 마! 내 선화를 지켜 줄게. 그간 내 속이 너무 좁았어. 이런 예쁜 선화를 내가 모른 체하다니 내가 나쁜 놈이지. 다시는 선화 혼자 두지 않을 테야."

"고마워 오빠! 나도 다시는 오빠한테 실망시키지 않을

게, 절대 떠나지 않을 거구."

"그러자구나, 여긴 위험하니 어서 우리 농원으로 가
자."

"응!"

나는 선화를 부둥켜안아 주었다. 그리고 놀란 마음을
안정시키기 위해 꼭 껴안고 있었다. 바다에서는 요동치
는 파도가 하얗게 위협해 왔고 태풍은 우리 둘을 감싸 돌
며 시샘을 해대는 통에 폭풍우를 버텨 내기가 버거웠다.
찻집을 나오는데 뭐하나 챙겨 올 게 없을 만큼 모두 휩쓸
려 가 마음마저 텅 비어 있었다. 장대비마저 조금도 그침
없이 쏟아부었고 파도도 계속 덮쳐 와 더는 지체하는 것
도 위험했다.

찻집을 둘러싼 돌담을 막 돌아 나서는데 돌담마저 더
는 비바람과 파도를 버텨 내지 못하곤 하나둘씩 무너져
내렸다. 그러면서 돌담에 걸쳐 있던 부서지고 찢겨진 조
각품이며 그림들이 무너진 틈새를 따라 일시에 바다로
휩쓸려 나갔다. 찻집이란 흔적은 이미 없어져 찾아볼 수
없었다. 겨우 남은 몇몇 돌담조차 도미노 현상처럼 줄줄
이 바다로 굴러 떨어졌다. 그 위급 상황을 피하기 위해선
정신없이 줄달음을 쳐야만 했다. 그 모습은 장마로 강물
에 잠겨 가고 있는 잠수교를 철벅거리며 죽자 살자 달려

오던 선화의 강심장과 흡사했다.

폭풍우를 겨우겨우 헤쳐 목숨만 부지하여 다시 차를 몰고 농원으로 돌아오는데 기진맥진한 선화는 긴장이 풀리면서 정신을 잃었다. 그러나 난 하나도 겁나지 않았다. 그건 선화를 구해 냈다는 안도감이 더 컸던 것이다. 아니 사랑을 지켜 냈다는 뿌듯함, 그것도 아니면 사랑을 다시 인도받았다는 행복감이 더욱 컸는지도 모른다.

그렇게 새벽이 다 되어서야 농원으로 돌아왔는데 옷은 갈기갈기 찢어져 있었고 온몸 여기저기가 상처투성이였다. 그나마 다행이도 태풍이 뭍으로 옮아 가면서 바람이 조금씩 잔잔해져 갔고 동이 트면서 농원 인근 삼달리에 커다란 풍력기만 신이 난 듯 쉼 없이 윙윙거리고 있었다.

날이 훤히 밝아져선 농원을 한 바퀴 돌아보는데 대부분이 아수라장이었다. 산책길 동백나무와 야자수는 포화라도 맞은 것처럼 처참했고 고가의 귀한 박달나무마저 강풍에 얼마나 시달렸는지 뿌리가 통째 드러나 있었다. 또 사슴장 울타리도 모두 일그러져 있었으며 밭에 채소들조차 참혹하게 찢겨나 있었다.

태풍이 지나간 자리는 정말 흉측했다. 주차장에 겹겹이 깔아 놓은 자갈들이 폭우에 휩쓸려 나가 사방이 움푹 패었다. 농원 담을 끼고 도는 개천 석축이 일부 무너져 내려 검은 화산석이 사방에 나뒹굴었고 배수구마다 태풍에 부러진 갖은 나뭇가지가 산더미로 뒤엉켜 있었다. 아주 격렬했던 밤이었음을 반증해 주었다.

오후 들면서 태풍 영향권이 뭍으로 모두 옮겨 가 버리자 먹구름이 걷히면서 하늘이 언제 그랬냐는 듯이 햇빛을 활짝 비쳐 왔다. 지난밤 태풍에 놀란 선화를 안정시키기 위해 쉬게 해 놓곤 난 응급 복구를 위해 인근 석산에서 잔골재를 급히 실어와 패인 곳마다 일일이 채워 주고 쓰러진 나무들을 다시 일으켜 흙으로 돋아 주었다. 또 부러진 잔가지와 오물 등을 반출하고 사슴장 울타리도 자재를 들여와 새로 설치했다.

하루 종일 쉬지도 않고 일했더니 저녁 무렵 삭신이 쑤셔 왔다. 무더운 여름임에도 뜨거운 물을 받아 몸을 푹 담가 보았지만 뭉친 피로가 사그라지질 않았다.

다음 날도 새벽같이 일어나 잔디와 정원수를 말끔히 다듬어 주자 풋풋한 풀내음이 코끝에 진동했다. 그 잘려 나간 풀과 줄기들이 사방으로 아무렇게나 널브러지면서 풀 향이 한층 더 농염해지고 짙어진 녹색이 더욱 선명하게 드러났다. 제초 작업이 거의 끝나 가는데 잔디 깎는 기계가 고장이 나 멈춰 버렸다.

기계 구조도 모르면서 급한 마음에 고친답시고 전원이

켜진 상태에서 고무벨트를 손으로 만지작거리다가 순간적으로 재 작동되는 바람에 그만 엄지손가락이 절단되는 사고를 당했다.

너무 순식간에 일어난 사고라 아픈 감각보다 놀란 마음이 더 컸다. 피가 철철 흘러서야 다쳤다는 것을 실감했지만 정신적 시간적 여유 부릴 틈이 없었다. 어디 도움을 청할 수도 없어 덜렁거리는 엄지손가락을 천으로 응급지혈하곤 한손으로 봉고차를 몰아 제주 시내에 있는 큰 병원으로 급히 갔다.

응급실에서 봉합 수술을 마친 의사로부터 사전 조치를 잘하였기에 신경조직이 다시 재생될 거라는 말을 듣고 나서야 안심이 좀 들었지만 놀란 가슴은 쉬이 진정되지 않았다.

산더미같이 쌓인 일거리가 걱정되어 당일 퇴원하려 했지만 의사의 강요에 의해 하루 입원하기로 했다. 오후 늦게 이 소식을 전해 들은 농원 식구들과 선화가 문병을 와주었다. 저녁 무렵에는 보험사 직원이 내방하여 사고 정황을 일일이 묻고 갔다.

바늘방석 같은 병실에서 갇힌 채 하루 종일 몸을 뒤척이는데 그 이튿날 잘린 손가락에 감각이 되살아났다. 내 의도대로 까닥까닥 움직여 주었다. 상처가 채 아물지도 않았는데 농원 일이 걱정되었다. 결국 의사의 만류에도 아랑곳 않고 도망 나오다시피 하며 퇴원을 했다.

다시 돌아와 농원을 둘러보는데 하루 이틀 지났다고 그새 잡초들이 더 무성해지고 나무마다 날벌레들이 마구 설쳐 댔다. 쉴 틈도 없이 오자마자 다친 것도 잊은 채 농약을 물에 희석해 분사기로 살포했다.

이틀에 걸쳐 농약을 살포하면서 한 가지 걱정이 인 건 토양 오염이었다. 날로 유해한 성분이 축적되어 감에 이젠 땅속 깊이 스며들어 수질까지 심각한 위협을 받고 있다는 어느 전문가의 연구 발표가 얼마 전에도 있었다. 해마다 뭔가 대책을 마련해야 하겠다는 생각을 매번 가져 보지만 뾰족한 대안이 마련되지 않아 마음만 질책해 볼 뿐이었다.

한숨을 돌리려는데 붕대로 감은 상처에 농약 독성이 스며든 건지 고통스러울 만큼 따끔거렸다. 얼른 붕대를 풀고 다시 소독을 해 주었다. 말 못하는 화산토도 나와 똑같은 고통을 겪고 있다는 생각이 미치자 마음이 찔려 왔다.

다음 날은 숙소마다 곰팡이 냄새가 진동하여 창문마다 활짝 열어 두어 환기를 시켰다. 곰팡이 원인인 습기를 바람에 날려 보내고 침구를 일일이 세탁하여 햇볕에 말리도록 했다. 숙소와 세탁장 간에 자갈길을 번갈아 수십 번을 오가다 보니 다리 힘이 풀려 휘청거렸다.

끝이 없어 보이는 잔일에 정신을 팔다 보니 하루란 시간이 너무 짧게만 느껴졌다. 금세 해가 또 훌쩍 넘어갔다. 어두운 적막이 다시 감돌며 밤하늘에 별들만 초롱초롱했다. 그 별빛은 예나 지금이나 조금도 변함없이 내 마음을 포근하게 감싸 주고 있었다.

다음 날 선화를 데리고 찻집을 둘러보러 갔는데 흔적조차 없이 모든 게 휩쓸려 가 버렸다. 집터마저 토사가 다 밀려가 더는 집 지을 공간이 남아 있지 않았다. 선화에게 남은 건 걸친 옷조차 버려야 할 만큼 찢겨져 있어 오직 맨몸뚱이 하나뿐이었다. 더는 어쩔 방법이 없었다.

선화의 말에 의하면 찻집 정원 안쪽으로 약혼자의 수목장이 있다 하였는데 그것마저 흔적조차 없이 사라졌다. 지난 과거를 송두리째 빼앗겨 버린 선화가 한참을 눈물짓는데 나는 조용히 기다릴 수밖에 없었다. 노을이 수평선에 붉어져서야 마음을 정리한 선화를 달래며 데려오는데 오는 내내 그 슬픔이 내게도 전해와 나 역시 눈가가 촉촉이 젖어 들었다.

그 후 꼬박 열흘간에 걸쳐서야 태풍 피해를 말끔히 정비할 수 있었다. 우리 농원은 다른 집중 침수 지역에 비해 상대적으로 피해가 적어 그나마 다행이었지만 후유증으로 몸살기가 벌레처럼 꿈틀대며 몸 여기저기를 파고들었다.

저녁 늦게 기분이라도 전환시키려 선화를 데리고 성산항에 나가 보았다. 철썩이는 파도에 시원한 바닷바람이 목구멍을 간질거렸다. 횟집에 네온 불빛들이 휘황찬란한 가운데 파도에 흔들리면서 높다랗게 우뚝 서 있는 일출봉이 한없이 듬직해 보였다.

"으와! 오늘 따라 오빠가 저 일출봉 같이 커 보여."

선화가 주먹으로 내 배를 힘껏 치면서 말했다.

"호호!"

병 주고 약 주는 사랑의 주먹이었지만 그래도 갑작스런 일격이라 놀란 난 배를 움츠리면서도 겉으론 아무렇지도 않은 것처럼 의미심장한 웃음만 지었다.

"호호! 웃긴다."

"뭐가?"

"태풍이 무섭게 오가더니 이렇게 아늑하고 포근한 오빠를 되돌려 줘서."

"하하! 그것도 다 천생연분이겠지."

"나, 하나 생각나는 게 있어."

"그게 뭔데?"

“말할까 말까?”

“나, 궁금하면 잠을 못 자는 거 알잖아.”

“후후! 내 처음 오빠한테 재킷 열어 줄 때, 그때 나 정신 하나두 없었던 거.”

“그거야, 나두 그랬지. 그때 처음 고속버스가 정말 빠르다는 걸 느꼈어. 시간이 금세 가 버렸거든. 당시 영원히 그대로 하늘이라도 날아다니고 싶었었어. 아직도 그때가 오늘이듯 눈에 선하기만 해.”

“차라리 그때 완행버스를 탈걸 그랬지?”

“크크! 지금 이렇게 같이 있는데 뭘, 저 하늘에 별들이 우리를 보고 뭐랄까?”

“아마, 제짝을 제대로 찾아 주어 다행이라 하겠지?”

“그럼, 기념으로 한 잔?”

“그거야 당근이지.”

일출봉에 부딪치며 파도가 철썩이는 가운데 조명 아래 횟감 중 으뜸인 감성돔 회에 술잔을 부딪치며 촉촉한 눈빛을 마주하는 순간 사랑하고픈 마음이 용암이듯 끓어올라 나도 선화도 더는 주체할 수 없었다.

만취해선 두 다리가 풀리긴 했지만 돌아오는 어둑한 밤길에 난 선화를 등에 업었다.

“나, 믿지?”

“응!”

“내 남은 동안 선화만 보고 살게. 정말 누구보다 더 행복하게 해 줄 거야.”

“고마워요!”

겉으로 보기엔 내 등이 말라 보였지만 그렇게 따뜻하고 편할 줄은 선화도 미처 몰랐다. 등에 업히고 나서야 그 진솔한 마음과 뜨거운 열정을 새삼 느낀 것이다.

“아까, 내 주먹 맞을 때 아팠어?”

“아니, 하나도 안 아팠어.”

“그간 내 마음을 몰라 줘서 때린 건데.”

“하하! 그 마음 이미 다 알고 있었어.”

“정말이야?”

“그럼!”

당시 내가 아파한 것은 에로스 사랑이 아니라 아가페 사랑이었다. 갈등으로 번민에 휩싸였던 초롱초롱한 시간들이 밤하늘을 수놓은 은하수만 같아 더욱 아름답게만 비쳐 왔다.

수학여행

불행 중 다행인 것은 태풍 피해에 대한 보답이라도 받듯 수학여행을 주말에 오겠다는 연락을 받은 것이다. 지난해에도 다녀갔던 학교라 올해도 의당 기대는 했었지만 태풍 피해로 불확실하게 여기던 차에 막상 예약을 받고 나니 그 반가움이 배나 더 컸다.

"시장 보러 가야죠?"

"어!"

수학여행단이 오기로 예약된 전날이었다. 농원 일을 거들겠다며 주방을 떠맡기로 한 선화가 학생들에게 줄 식단에 사용할 식재료 목록을 내보이며 시장을 봐 와야 한다고 재촉해 왔다.

학교 측으로부터 학교 영양사가 직접 짜놓은 메뉴대로

식단을 차려 달라고 미리 팩스로 보내왔었다. 그 메뉴대로 식단을 맞춰 주기 위해선 부족하거나 새로운 식재료를 일일이 구해 와야만 했다.

"식단을 우리가 알아서 짜 주면 더 좋을 텐데."

"요즘 수학여행 제도가 많이 달라졌나 봐."

"아무리 달라져도 그렇지. 지역 토산물로 더 맛있게 해 주면 낫지 않아?"

"그 말도 맞지만 해 달라는 대로만 정성껏 해 주면 아무 탈 없으니 우리로선 오히려 더 편하지 않겠어?"

"내 손맛을 제대로 발휘하지 못해 안타까워서 그러는 거지."

"하하! 나중에 제대로 맛보일 때가 있을걸? 학생들은 한창 자라나는 아이들이라 뭐 영양 분석이 세세히 필요하다니 그것도 다 일리는 있잖아. 그냥 따르는 수밖에."

"알겠수!"

입을 삐죽거리는 선화를 데리고 봉고차로 성산어항에 나가 보았다. 방금 들어온 어선에서 하역된 물고기들로 북적거리는 어판장과는 달리 부둣가 생선 좌판대는 한산했다. 메뉴로 지정된 고등어자반과 갈치조림, 그리고 오징어볶음에 쓸 생선들을 산 다음 하나로마트에 들러 여러 식재료를 모두 구입했다.

의외로 어판장보다 값이 싸다 하여 좌판대에서 통채 사 온 생선별로 선화가 주방장과 함께 일일이 내장을 제 거하여 손질을 해 두고 또 반찬 재료는 종류별로 분류하 여 주방 대형 냉장고에 넣어 두고 나니 그제야 마음이 놓 였다.

그렇게 농원 일로 바삐 보내느라 하루는 또 훌쩍 지나 수학여행단이 오기로 한 날이었다. 날씨는 장마가 지난 한 여름날이라 무척 무더웠다. 가만 있어도 땀이 주르륵 흘러내리는 통에 사람들마다 날벌레처럼 에어컨 있는 데 로 몰려들었다.

"와! 와!"

"부릉! 부릉!"

초저녁 무렵 관광지를 거쳐 온 학생들을 태운 관광버 스들이 농원 주차장에 들어서면서 차 소리와 사람 소리 로 온통 시끌벅적했다.

미리 조를 편성해 놓았기에 조별로 묶을 숙소를 배정 해 주고 짐들을 풀어 놓게 했다. 모두 여학생들이라 여간 까탈스러운 게 아니었다. 한꺼번에 몰려든 요구사항을 일일이 들어 주느라 정신이 하나도 없었다.

얼마 후 식당으로 다들 모여들었다. 한창 성장기 때라 식욕이 왕성한지 미처 식사시간이 되기 전부터 줄들을 서대더니 배고프다고 성화가 극성을 부리는 통에 주방이 더욱 바빠졌다.

곧바로 식단 메뉴에 맞춰 뷔페가 차려졌다. 크고 작은 접시며 수저며 국그릇이 산더미처럼 놓였다. 주방장이 커다란 밥솥을 열면서 수증기가 식당 안을 가득 에워싸자마자 학생들이 줄 따라 일렬로 우르르 몰려들었다.

달그락거리며 밥과 반찬들을 특히 감자볶음을 옮겨 담는 소리가 유달리 커서 마치 굿거리장단이라도 맞춰 읊는 소리만 같았다. 인솔 교사에 이어 관광버스 기사들까지 식사를 마치면서 썰물처럼 모두 빠져나가자 식당 안은 조용해졌다. 먹다 남은 음식물 쓰레기와 빈 그릇 등이 먹는 전쟁을 방금 치룬 것처럼 사방에 널브러져 있었다.

까탈스러울 것 같은 여학생들이라 입맛이 어떨까 하고 걱정했었지만 다행히 첫 한 끼를 무사히 치른 안도에 숨을 돌리려는데 갑자기 누군가가 방송하는 마이크 소리가 들려왔다.

"아! 아! 학생들 전원에게 알린다. 지금 즉시 모두 짐을 챙겨 올 때 타고 온 버스에 다시 타 주기 바란다! 다시 한 번 알린다. 지금 즉시……."

안내 방송이 끝나기 무섭게 무슨 일이 있냐는 듯이 학생들이 숙소마다 제 짐들을 모두 챙겨들고 우르르 나오는데 자세한 내막을 몰라 우왕좌왕들 했다. 각 차량마다 인솔자의 재촉에 타고 온 버스에 다들 올라탄 뒤였다.

사전 설명이나 귀띔도 전혀 없었고 또 예기치 못한 일이라 난 대체 무슨 일인가 하고 놀라고만 있었다. 다만 요즘 교육정책이 하도 바뀌는 통에 혹 수학여행 중 있을지도 모를 비상 훈련이라도 하는 줄로만 여겼다.

"뭐하시는 겁니까?"

하도 궁금해 한 낯선 남자에게 물어보았다.

"다시 숙소를 옮겨야겠어요."

"예? 옮겨요? 무슨 이유로……?"

순간 머리라도 한 대 얻어맞은 양 정신이 번쩍 들어 말을 더듬다 말았다.

"숙소가 불량해서요."

"누구 결정입니까?"

"아! 제가요. 이번 여행 대행사 책임자입니다."

학교 비리를 차단하겠다며 수학여행 제도가 확 바뀌면서 대행하는 용역사 직원이 따라온 것이다. 난 이 사실을 까맣게 모르고 있었다. 학생과 인솔 교사만 온 줄 알고 신경을 쓰지 않았다. 이미 푸대접에 마음이 돌아선 용역사 직원이 불쑥 나서 못 볼 거라도 본 듯 인상을 찌푸리며 말했다.

"대체 뭔 소린지 알 수가 없네요. 숙소에 들어가 다들 어지럽혀 놓고선 또 식사 준비하느라 경황이 없었는데도 밥을 먹자마자 학생들을 죄다 불러내어 나가겠다니 정말 황당하네요."

"에어컨마저도 안 되잖아요. 이 무더위를 어떻게 참습니까?"

"아니! 누구에게 무슨 이야기를 들었는지 모르지만 확인할 새도 없이 일방적으로 나가겠다면 우리도 가만 안 있겠습니다. 위약금과 별도 준비시킨 식재료 값 다 변상하고 나가세요?"

갑작스러운 상황에 당혹감으로 내 말투도 점점 거칠어질 수밖에 없었다.

"무슨 위약금을요?"

"계약서에 들어 있잖아요."

"……."

내가 계약 내용대로 하자며 강경히 맞서자 용역 경험이 많지 않아 보이는 젊은 용역사 직원이 말을 주춤댔다.

"어디 불편사항이 뭔지나 함 들어 봅시다."

"청소 상태도 그렇고 에어컨도 고장 나고 반찬도 부족했잖아요. 학생들 원성이 큽니다."

"말은 바르게 합시다. 청소야 걸레로 좀 닦아 내면 될 거고, 에어컨 하나도 작동이 잘못되어 그런 거고, 또 반찬도 말에요, 우리 주방장 요리 솜씨가 좋아서 감자볶음을 너무 맛있게 만들다 보니 먼저 온 학생들이 정량보다 과다하게 많이들 담아 가는 바람에 나중에 온 학생들이 좀 부족했던 것뿐인데 그게 왜 우리 잘못만입니까? 그 정도도 이해 못하면 비싼 돈 내고 특급호텔로 가야지요."

"어쨌든 학생들 불평을 방관할 수만은 없습니다."

"참, 어이가 없군요. 수학여행이 어디 놀러만 다니는 겁니까? 배움의 연장 아네요? 공동생활을 함께 체험해 봄으로써 식견과 정서를 육성시키고 더욱이 작은 불편을 감내하는 것도 교육의 하나인데 학생들을 달래야 할 판에 더 선동해서 어쩌겠다는 건가요?"

"저녁 식대만큼은 지불할게요."

"뭐요? 지금 장난하는 겁니까? 숙소마다 다 어지럽혀 놓고 또 댁들이 요구한 메뉴 대로 식재료도 죄다 새로 사 두었는데 저녁만 먹고 가겠다고요?"

"그럼 어떻게 해야……."

"그냥은 절대 못 나갑니다."

출구마다 버스들이 못 나가도록 이미 내가 바리게이트로 다 막아 놓은 상태였다.

"……?"

“그동안 단체 학생들을 수없이 받아 보았지만 이런 꼴은 처음 보네요.”

“…….”

용역사 직원이 말을 주춤거려 잠시 정적이 흐른 뒤였다. 학교 인솔 교사가 다가와 애를 태웠다. 상황이 어쨌든 죄 없는 학생들만이 버스 안에서 불안스럽게 대기하고 있는 게 안쓰러워 보였다.

“그럼, 하루만 묶고 내일 떠나겠습니다.”

“아녜요, 오늘도 여기서 묵지 마세요. 아까 나간다고 했으니까 위약금을 내놓고 그냥 나가세요. 그런 소리 듣고선 더는 재우고 싶은 맘이 없네요.”

“…….”

들어오자 마자 저녁을 재촉하더니 밥을 먹자마자 불쑥 나가겠다는데 너무하다는 생각이 들어 감정이 폭발했다. 변 보러 오갈 때 생각이 다르다고 하더니 딱 그 꼴이다. 이젠 묵는다 해도 받아들이고 싶지 않았다. 위약금을 받고 내보낼 셈이었다.

상황이 바뀌어 내가 단호하게 단 하루도 묵을 수 없다고 강경히 맞서자 용역사 직원이 어찌할 바를 몰라 당황해하는 기색이 역력했다.

“아까 나간다고 했잖아요? 학생들을 모두 차에 도로 태워 놓고선 어쩌란 말입니까. 애들만 오라 가라 해 불편을 끼친 건 댁들이 아닙니까? 왜 없는 일을 꾸며 훼방을 놓은 거예요? 그러니 위약금 내놓고 어서 나가세요.”

내가 화난 김에 기세를 더 몰아세웠다. 이에 더는 해결 기미가 보이질 않자 인솔 교사가 중재에 나섰다.

“서로 오해가 있었던 거 같은데 원만히 해결하시죠. 애들 보기가 아주 민망합니다.”

“거봐요. 배우는 학생들 두고 이러시는 거 아녜요. 만약 나갈 의사나 이유가 있었다면 사전에 제게 양해를 구해서 합의를 하셔야죠. 대책 없이 애들을 다 불러내어 차에 태워 버리면 우린 바봅니까? 지금 이 일이 밖으로 새 나가면 우리 농원은 죽어요. 돈도 돈이지만 당장 내일부터 기사들 입소문을 타고 수학여행 퇴짜 맞았다고 소문이 자자해질 텐데. 그럼 손님들이 뚝 끊어진다고요. 상생할 줄 알아야죠. 혼자만 살겠다는 겁니까?”

“…….”

내가 더욱 거칠게 항의하자 마땅한 대안을 찾지 못한 용역사 직원은 계속 묵묵부답으로 침묵만 지켰다. 속이 타는 것은 나와 학교 측뿐이었다.

“그래요. 서로의 입장을 좀 정리해 보는 게 좋을 듯싶네요. 저희도 여행사에 모든 걸 대행 계약이 체결된 상태라 저희 맘대로 결정할 수도 없고 하니 두 분이 잘 합의하시죠."

수학여행 첫날부터 불미스러운 일이 생겼으니 인솔 교사의 마음이 편치 못했다. 더욱이 내게 상황이 역전되자 이러지도 저러지도 못해 양쪽 눈치만 보며 안절부절못했다.

"까—악!"

그때 동백나무 숲가에 있는 옥외 화장실에서 한 여학생이 비명을 지르는 소리가 들려왔다. 그 날카로운 소리가 정적을 뚫어 귀를 섬뜩하게 했다.

다들 깜짝 놀라 관리실 밖으로 동시에 시선이 집중되었다. 곧바로 한 여학생이 겁에 질린 듯 질겁하며 급히 뛰어오더니 숨을 할딱거렸다.

"무슨 일이야?"

"바퀴벌레가 있어요. 화장실 보고 나오다 바퀴벌레를 밟았단 말예요."

"바퀴벌레?"

순간 나갈 빌미를 새롭게 발견하기라도 한 듯 용역사 직원이 눈과 귀를 쫑긋댔다.

"이곳은 사방이 숲이라 곤충들이 참 많아요. 가끔 풍뎅이나 장수벌레 같은 비슷한 곤충들이 날아와서 바퀴벌레로 착각할 수도 있죠. 오늘만 해도 숙소마다 소독을 다

해 놓았는데 설마 바퀴벌레겠습니까?"

"……."

직접 보거나 확인한 사항이 아니라서 내가 얼른 입막음을 하자 또 다른 정적이 잠시 흐르는데 그때 주방장이 관리실 문을 빠끔히 열더니 나를 찾는지 두리번거렸다.

"무슨 일이에요?

"바퀴벌레가 나왔데."

"뭐라고요?"

"나도 화장실에 같이 있었는데 어디로 도망쳤는지 잡지는 못했지만 언뜻 보기에 아주 많이 닮은 거 같았어."

"거, 확인도 안 된 걸 같고 웬 소란을 떨어요?'

"……?"

여행사 직원과 대립하고 있는 사정을 모르고 있던 주방장이 눈치 없이 바퀴벌레란 소리를 내뱉는 바람에 순간 당혹감을 감출 수 없었다. 얼른 목소리를 낮추어 속삭이듯 얼굴을 찡그리며 핀잔을 주자 주방장이 떨떠름하게 여기며 돌아갔다. 그러자 분위기가 일순 술렁거리는 바람에 더는 감정만을 내세우는 게 부담스러워졌다.

이를 인정할 수도 부정할 수도 없어 난감했다. 방금 전만 해도 감정이 울컥하던 게 눈 녹듯 슬그머니 사그라졌다. 정말 바퀴벌레가 나온 것이 사실이라면 단순히 묵과

할 수가 없었다. 이에 불안해진 내 마음이 조금씩 누그러졌다.

"오늘 하루만 묵는 걸로 하고 식재료 손실비도 좀 분담할 테니 나머진 없던 걸로 하시죠."

분위기를 눈치 챈 용역사 직원이 그 기회를 놓치지 않고 얼른 타협을 해 왔다.

"어쩔 수 없죠. 그리만 해 주신다면 저희도 동의할 테니 계약서를 다시 써 주세요."

나 역시 마냥 고집만 부릴 수 없는 상황이 아니었기에 그저 못이기는 척하며 받아들였다. 더욱이 식재료 비용도 일부 변상해 준다 하니 더는 맞설 이유가 없었다.

"알겠습니다. 저희도 다 이해 못하는 바가 아니지만 학생들에게 보다 나은 환경을 제공해 줄 책임도 있어서요. 나중에 설문서 평이 나쁘면 저희도 평점에 감점을 받아 차후 여행 대행업에 영향이 미치거든요."

"그럼, 사전에 양해를 구했어야죠. 그건 일방적으로 그쪽 사정만 생각한 거잖아요. 하여튼 서로 상생할 수만 있다면 더 바랄나위 없겠습니다."

"그럼 다 이해해 주시는 거죠?"

"이해는 무슨 이해요, 살면서 별일 다 보는 건데요."

"아직 화가 덜 풀리신 모양이네요?"

"아닙니다. 수없이 많은 예약을 받았었지만 여태 이런 일이 처음이라서 제가 좀 과민 반응을 보인 것 같습니다. 그동안 쌓아 온 저희 농원의 명예가 실추되는 거 같아서요. 그러니 제가 홍분한 것을 이해하세요."

"저도 앞뒤 가리지 못한 불찰을 반성하겠습니다."

"자자! 다 잘 되셨군요. 서로 화해하는 의미로 악수라도 나누세요!"

대립하던 양쪽에 타협점이 이루어지자 인솔 교사는 다행이라며 반가워했다. 그러면서도 뭔가 뒤를 보고 그냥 돌아선 듯 찜찜해하는 눈치였다.

용역사 직원과 변경 계약을 새로 작성하고 나자 홍분된 마음이 착 가라앉으면서 무슨 욕심을 부린 건지 회의가 들었다. 위약금이고 변상이고 다 필요 없이 그냥 내보낼걸 그랬나 하는 후회도 들었다.

싫다는 걸 단 하루라도 굳이 잡아 둘 이유는 하나도 없었다. 실랑이를 벌이면서까지 욕심을 부린 게 아닌지 마음 한구석이 쓸쓸해 왔다.

생각 끝에 학생들에게 먹일 익일 조식을 당초 메뉴보다 좀 더 풍성하고 특별나게 준비하도록 주방장에게 일러 놓았다.

화해를 한 후 선화와 함께 관리사무실에서 앞으로의

일을 걱정하고 있는데 인솔 교사가 노크를 해 왔다.

"들어오시죠."

"잠시 실례 좀 할게요."

"커피, 괜찮겠어요?"

"예! 고맙습니다."

선화가 일회용 종이컵에 봉지 커피를 뜯어 뜨거운 온수를 붓고 저은 다음 탁자에 올려놓았다.

"마음이 많이 언짢으셨죠?"

"예! 좀요."

"다, 사는 게 이런 거죠. 돈 벌 욕심에 하루라도 마음이 편할 날이 없거든요."

"그래도 농원을 둘러보니 꽤 좋은 환경이던데 너무 아깝다는 생각이 들어서요. 조금만 손보면 아주 명품이 될 텐데……."

"사실, 이 시설을 지은 지가 좀 오래됐죠."

"언뜻 보기에도 그래 보여요."

"그래도 제주에서 최초의 펜션 격입니다. 당시 펜션이란 개념이 도입되지 않던 때라 관광농원으로 허가받은 곳이죠."

"아! 그렇군요."

"예전엔 연중 손님들로 넘쳐 났어요. 방이 모자라 인근

에 산재해 있는 작은 업소까지 저희가 다 소개해 줄 정도
였으니 아마 상상이 갈 겁니다."

"그 정도였다니 정말 대단했겠네요."

"최근 고급시설을 갖춘 현대식 펜션들이 마구 들어서
면서 저희 집도 조금씩 사양되었어요. 대대적으로 시설
을 보수 보강하여야 하는데 시시때때로 여기저기 훼손된
부분만 땜질하듯 하다 보니 시설이 전혀 개선되지 않더
군요. 급기야는 거래처나 손님들을 하나둘 빼앗기면서
요즘은 쉬는 날이 더 많아졌답니다."

"조경과 환경이 너무 빼어나 내부 시설만 좀 개선시키
면 아주 훌륭한 리조트가 되겠는데요?"

"사실, 그렇죠. 경치하면 저희 집 따라올 데가 별로 없
어요. 그래서 나이가 좀 드신 분들은 아직도 저희 집을
선호하죠. 호텔같이 갑갑한 방보다 탁 트인 정원이 각박
했던 도심의 마음을 편안히 해 준다더군요. 그분들은 매
번 저희 집만 찾아온답니다."

"너무 아깝다는 생각이 드네요."

"그래서 여러 생각이 많아요. 계속해야 할지 말아야 할
지…… 오늘 심려 끼쳐드려 송구스럽습니다."

"별말씀을요. 아까 뭐라 말씀드리기 곤란해서 가만히
지켜보기만 했었는데 저희 용역사 측에서 좀 과하게 대

했더군요. 이 점 제가 대신 사과드립니다."

"학교에서야 뭐 잘못한 게 있겠습니까마는 그렇다고 용역사에서 시킨다고 상황을 알아보지도 않고 덥석 동조하여 나가려 하신 건 좀 성급했어요."

"그래서 더 미안하다는 생각이 들었거든요."

"일부러야 그랬겠어요? 아무튼 상당히 언짢았던 건 사실입니다. 설사 한쪽에 과실이 있다 하더라도 더불어 살아남도록 해 줘야지 자기들만 휙 떠나 버리면 저흰 어떻겠습니까? 기사들 입은 금방 퍼집니다. 그렇게 되면 어느 기사가 저희 집을 추천해 주겠어요. 당장 이 업계에서 고사됩니다."

"저도 합의점을 찾아 퍽 다행으로 여깁니다. 이번 일을 계기로 매사에 신중을 기하도록 하겠습니다."

"무슨 일이든 트집을 잡아 엮어 내려면 뭐든 못하겠습니까? 오라면 오고 가란다고 가면 개 끌려가는 것과 뭐 마찬가지죠. 다 길들이려는 겁니다."

"거듭 사과 말씀을 드리고 일단 용역사와 약정한 것이니 벌 떠나겠습니다. 양해해 주세요."

"사실을 다 아셨으니 괘념치 않겠습니다. 저희도 부족한 거야 있었겠죠. 부실한 점을 개선시켜 나아가도록 하겠습니다."

"그럼 좋은 의미로 악수나 한 번 하시죠."

"그러시지요."

인솔 교사와 속마음을 털고 나니 마음이 한층 누그러졌다. 사실 그 정도의 수모는 별거 아니다. 더한 야박함과 사기도 여러 번 당했었기에 그리 마음에 담지는 않으려 했다. 더욱이 사과까지 받고 나니 꿍하던 마음이 확 풀려 왔다.

이튿날 조식을 만드는데 지정된 메뉴 외로 부침개와 고기 반찬을 더 내도록 했다. 그건 떠날 마당에 조금이라도 좋은 인식을 갖기를 바랐던 때문이다.

서둘러 조식을 마친 학생들을 가득 태운 버스들이 연이어 농원을 나서는데 큰 도로 입구까지 나가 손을 흔들며 배웅해 주었다.

손을 들어 화답하는 인솔 교사와 학생들도 간혹 있었지만 대부분 뾰로통한 기분들이었다. 막상 모두 떠나보내고 나니 할 말을 다 못한 찜찜함과 불쾌감이 동시에 물밀듯 밀려와 한동안 앞산 영주산을 올려다보고만 있었다.

그날 종일 마음이 우울해 선화를 데리고 해수탕에 다녀왔다. 끝없는 수평선에 파도가 출렁이는 해변가를 내다보며 온탕에 몸을 담고 있으니 노곤해지면서 악담을 품었던 마음이 조금씩 가라앉았다.

동행

새롭게 초록이 움트더니 색색이 봄꽃 축제가 한창일 때였다. 동서와 남북 가름 없이 노란 유채와 빨간 튤립, 그리고 새하얀 왕벚꽃이 푸른 바다와 하늘을 맛깔스럽게 수놓고 있었다.

한라산에 새우난초 설앵초, 서부에 소금꽃 까치꽃 허브꽃, 동부에 개민들레, 중산간에 바람꽃 쇠별꽃 노루귀, 대록산에 제비꽃, 해안도로에 구절초 등등 화려한 꽃 축제에 동참한 야생화들이 신나게 봄을 일렁대고, 가파도에 청보리들도 감미로운 봄 해풍을 흠뻑 맞느라 연방 싱글벙글하다.

그런데 유독 동부 내륙 유서 깊은 성읍만 축제에 따돌림이라도 받은 양 연일 흐리고 스산하더니 안개비마저 추적거렸다.

더욱이 그곳에 자리한 농원을 사시사철 늘 푸르게 둘러싸고 있던 동백꽃들이 겨우내 갖은 눈보라에도 아랑곳않더니 그깟 추적거리는 안개비에 그만 제 힘을 모두 잃고 송이채 떨어져 누렇게 죽어 가고 있었다.

그 모습을 보고 있으려니 참혹한 사별의 아픔이 얼마나 쓸쓸하고 잔인한 건지 한 번 더 되씹어 보게 해 시커먼 화산토에 흩뿌려진 꽃들을 하나하나 주어 모아 제 나무밑동에 고이 묻어 주었다.

오후 들어 봄비가 다소 소강상태가 되면서 농원 앞 영주산 자락이 어둑해질 무렵 옛 스승인 김 교장이 홀로 성읍에 있는 민속마을을 둘러서는 우리 농원을 불쑥 찾아왔다.

"잘 있었나?"

"아! 스승님!"

사전 아무런 기별도 없었기에 순간 반가움보다는 놀라움이 더 컸다.

"이거 오랜만이지?"

"예!"

"요즘, 세월이 왜 이렇게 빠른 거야?"

"연세에 비례하여 세월이 그만큼 가속도가 더 붙는다

는 말이 있잖아요."

"정말! 그런 거 같구먼."

몇 해 전 동백꽃이 활짝 피어 있을 때 스승님은 가족을 대동하여 우리 농원을 다녀간 적이 있었다. 그때만 해도 무척 활달해 보였었는데 오늘은 어딘지 모르게 뒷모습에 쓸쓸함이 묻어났다.

"참! 정년 퇴임하셨다면서요?"

"음! 지난 연말에."

"학창 시절이 바로 엊그제 같은데 벌써 그리되었어요?"

"실은 나도 정년이란 게 아주 까마득한 먼 훗날로만 여겼던 터라 막상 닥치고 보니 실감이 안 들더구나."

"오히려 홀가분하지 않으세요?"

"홀가분하다고?"

"예! 이젠 속박에서 벗어나 자유를 가지셨잖아요."

"뭐, 그렇게 생각할 수도 있겠지만 난 아직은 잘 모르겠어. 그냥 냇가에서 강을 지나 바다로 막 나온 그런 생소한 기분뿐이네."

"좀, 의기소침하신 게 아니신지?"

"내가?"

"예!"

그때 한 줄기 센바람이 휭! 하고 불어와 동백나무마다

꽃송이가 타닥타닥 땅에 떨어지는 소리가 들리더니 이내 떨어진 꽃송이가 바람에 구르는 게 눈에 들어왔다.

"저, 통째 떨어진 동백꽃 좀 보게나. 제 할 도리를 다하고 지는 모습이 아름다워야 할 판에 오히려 애처로워 보이지 않는가?"

"저거야, 단순히 거스를 수 없는 자연의 생리일뿐이잖아요. 어찌 사람 마음에 견줘 본데요?"

"자네나 나나 사람도 다 자연에서 나온 건데 저 꽃과 다를 바가 뭐 있겠어?"

스승님은 말을 채 끝내기도 전에 여행 가방 지퍼를 열어 속을 뒤지더니 두툼한 책을 꺼내 들었다.

"무슨 책이에요?"

"이거 자네 주려고."

"웬 선물까지?"

"허허! 미안! 선물이 아니라 선전물이네, 내 자서전일세."

"예? 언제 또 책 내셨어요?"

"그간 틈틈이 써 둔 거 퇴임하면서 출간했지. 다 주접 떠는 소리지만 그래도 내 마음이 담긴 글이라네."

"무슨 황송한 말씀을 다하십니다."

"그래 사업은 잘되고?"

　한눈에 보아도 농원이 북적거리지 않고 한가해 보이자 스승님은 자서전 속표지에 친필 사인을 큼직하게 해 주시면서 조금은 걱정이든 눈빛으로 내게 물어 왔다.

　"요즘, 다들 힘들다고 하더라고요. 여기도 예전 같진 않아 여러 생각 중이에요."

　"열자 탕문편에 우공이산(愚公移山)이란 고사가 나오네만. 그건 어떤 일이든 한 가지 일에 열심히 매진하다 보면 언젠가는 큰 뜻을 이루어 낼 수가 있다는 이야기지."

　"스승님께서도 평생 교직에만 계시면서 제자들에게 오직 가르침만 주셨잖습니까?"

　"허허! 나야 뭐 우물 안 개구리였지만……."

　"아무리 그러셔도 명예로운 퇴진이시잖아요?"

　"그게 좀 그래……."

　"무슨 일이라도 있으세요?"

　"일은 무슨? 마음이 좀 허로워서 그러는구먼."

　"그러시다면 저도 한 말씀만 올릴게요."

　"오! 그래, 말해 보게."

　"야생에 사는 풀은 불어오는 바람을 고를 권한이 하나도 없잖아요. 뜨거운 바람이든 매서운 바람이든 다 맞닥트려 가며 이리저리 정신없이 쏠리다가 결국 찬바람과 함께 시들어 버리는 수밖에요."

"그거 아주 보편적이면서도 참 의미심장한 표현이구나."

"칭찬이세요?"

"그럼 욕인가? 허허!"

"하하!"

한결같이 명예로운 삶을 고집해 온 스승님이다. 그런 스승님이 정년으로 교직을 떠나서인지 웃음소리 여운이 외롭게만 느껴 왔다.

"퇴임식은 잘 치르셨어요?"

"때가 때인 만큼 표내지 않고 그냥 단출히 치를 수밖에 없었다네."

"찾아뵙지 못해 죄송합니다."

"괜찮다는데도 그래! 허허!"

거듭 소탈하게 웃어 보이는 스승님의 인생 무대는 세상이 아니라 오직 학교라 해도 과언이 아니다. 그런 스승님의 자존심을 무색하게 하는 사건이 최근 세간의 이목이 되어 톱뉴스로 연일 보도되고 있었다.

그 뉴스는 바로 교육계에 사정 바람이 불더니 공교롭게도 스승님의 퇴임 무렵 각종 비리에 연루된 교장들이 무더기로 적발된 사건이었다.

"스승님은 관련되신 건 아니시죠?"

“……”

저녁 식사 후 커피를 내어 담소 도중 뉴스를 보면서 내가 무심코 던진 말이 스승님에겐 평생 지켜온 명예가 일시에 실추되는 말이 되고 말았다.

순간적으로 어색해진 분위기를 느꼈지만 이미 뱉어 버린 말이라 도루 주어 담을 수도 없었다.

스승님은 무슨 말을 하든 구차한 변명으로 여긴 건지 아무런 대꾸도 하지 않았다. 도리어 말을 꺼낸 내가 무안하게끔 잠깐의 침묵이 흐른 뒤였다.

“자넨, 사랑과 명예 둘 중에 어느 게 더 소중하다고 여기고 있나?”

은은한 커피향이 모락모락 지펴 올라가고 있었는데 스승님은 뉴스 내용에 자신마저 매도되는 기분이 들자 곤혹스런 표정을 지어 보이며 또 내가 무심코 던진 말을 못마땅해하듯 한쪽 눈을 치켜세우곤 뉴스 내용과 무관한 질문을 해 왔다.

“사랑과 명예 중에요?”

“그래!”

스승님의 짧은 말에는 아주 단호한 힘이 실려 있었다.

“……”

하지만 난 스승님의 물음에 선뜻 답할 수 없었다. 별로

어렵지 않은 질문 같았지만 묻는 의중을 미처 파악하지
못해 말하기를 주춤거렸다.

그런 주저하는 내 마음을 읽어 낸 스승님이 입가에 빙
그레 미소를 머금더니 선뜻 말을 이었다.

"자네도 알다시피, 난 내 인생에서 만큼은 명예를 최고
로 여겼었지. 그래서 사랑 같은 건 항상 뒷전이었고. 그런
내가 정년 퇴임하면서 모두 덤터기 쓰니 참 씁쓸해지네."

내가 예상한 대로 스승님은 뉴스 보도 내용에 많이 언
짢아하고 있었다.

"뉴스란 게 다 그렇고 그런 거잖아요. 작은 사건도 막
크게 부풀리는 통에 억울하게 누명을 쓰는 사람들이 어
디 한둘인가요?"

"아닐세! 사람 잡는 건 누명이 아니라 오명이지."

"오명이라고요?"

"그래! 누명이야 일시적이어서 나중에 밝혀지면 다 무
마되지만 누명으로 인한 오명은 평생 쌓아 온 명예가 하
루아침에 모두 무너지고 마는 게 아닌가?"

"스승님이야 항상 순수와 열정만을 주창하셨잖아요?"

"그래서 내 마음이 더 쓰리다는 거야."

"무슨 말씀이신지 이해가 좀……."

"사람은 누구든 한 면만 갖고 논할 순 없지 않겠는가?

다시 말하자면 명예를 지켜 냈다고 해서 삶에 다른 부분까지 모든 걸 면죄부 받을 수 있는 것은 아니란 말이지. 이제 와서 돌이켜 보건대 그간 내가 살아온 삶과 인생관은 바람직하지 못했다는 것일세."

"……?"

난 내가 무심코 뱉은 말에 대한 자책감으로 뉴스 내용을 최대한 희석하려 안간힘을 썼지만 스승님의 마음엔 이미 회한의 감정이 짙게 깔려 있어 더는 무슨 말을 해야 할지 몰라 눈만 껌뻑껌뻑했다.

"다, 자존심이지만 명예란 것도 알고 보면 참 별거 아니네. 왜냐면 요즘 내가 세상 보는 눈을 다시 뜨고 있거든."

"다시 뜨고 있으시다니요? 그건 또 무슨 뜻인지?"

"그러니까 무엇보다 사랑이 더 값지고 소중하다는 것을 깨달았다는 거야. 그건 명예를 잃는 수모보다 사랑을 잃는 아픔을 참고 견뎌 내기가 더 힘들단 말일세."

"혹시, 무슨 변고라도?"

"그래! 내가 무심하게 명예만을 고집하고 있는 사이에 집사람이 그만 저세상으로 갔다네."

"예? 사모님이요?"

"음! 나중에 알고 보니 오랫동안 우울증에 시달리고 있었던 거야. 결국 혼자 병을 감당 못했는지 어느 날 갑자기 하늘로 훌쩍 떠나가 버리고 말더군."

"아! 그런 일이……."

그때 창밖 삼달리로 풍력발전기의 커다란 날개가 무언가를 찾아내려는지 윙윙거리며 하늘가를 휘젓고 있는 게 보였다. 그 모습은 마치 구름에 가려진 별이라도 헤집어 내려는 듯 아주 격한 몸짓이었다.

전혀 소식을 전해 받지 못한 일이라 내가 말을 맺지 못하고 놀라기만 하자 스승님은 괜찮다는 투로, 또 다 자신의 불찰이라는 표정으로 고개만을 끄덕끄덕했다.

"한창 행복을 누리실 땐데 정말 안 되셨네요."

"내가 가슴 아파하는 게 바로 그거야. 처음엔 미처 준비치 못한 일이라 받아들이질 못해 그저 얼떨떨하기만 했는데 요즘 들어 빈자리를 보고서야 새삼 생각나는 게 많더군. 그래서 생전 같이 다녔던 여행지를 다시금 둘러보는 중이라네."

"아! 그러셨군요."

"비로소 삶의 동행은 명예나 권력이 아니라 사람이란 것을 알게 된 것이지. 진정 더 소중한 게 동행하는 사람과의 사랑이라는 사실을 일찍 깨닫지 못한 게 무척 후회가 드는구먼."

"……."

　명예를 잃고 사랑마저 지키지 못한 뼈아픈 회한이든 스승님이 아랫입술을 지그시 깨물며 눈시울을 붉히는데도 난 딱히 답이나 위로할 말을 찾지 못해 침묵만을 지켜야 했다.

　그 무거운 침묵을 떠안은 내 두 눈은 번쩍번쩍 불빛을 비춰 가며 숨겨진 별을 찾아내느라 쉼 없이 비구름을 거둬 내고 있는 커다란 풍력발전기 날개만 뒤쫓아 볼뿐이었다.

칠사회

이튿날 아침, 스승님이 다음 여행지인 최남단 마라도
로 떠난 직후 하늘이 서서히 개이면서 구름 틈새로 간간
이 한층 더 따사로워진 봄 햇살이 영주산에도 농원에도
비쳐 왔다.

간밤 늦게까지 스승님이 들려주는 인생과 사랑에 관한
여러 이야기를 새겨 가며 술을 과음한 뒤라 속풀이로 시
원한 동치미가 생각나 식당 주방으로 갔다.

"얼린 동치미 한 사발만 주소!"

"또 약주했구먼?"

"은사님이라 그렇게 됐어."

"술 없었으면 어찌 살았데? 맨날 핑계 댈 술이 있게."

"흐흐!"

"어? 동치미가 바닥났네!"

선화가 동치미를 푸는데 바가지로 항아리 바닥을 긁는 소리가 났다.

"거, 담군 지 며칠이나 됐다고 벌써?"

"손님마다 다들 맛있다고 더 달라는데 어찌 궁상을 떨 수가 있어야지."

"그래도 아껴야지. 요즘 양념값이 천정부진데."

"그럼, 아예 짜게 담글까?"

"에이! 그건 말도 안 돼. 동치미는 우리 농원 트레이드 마크잖아. 내가 먹어도 참 맛있던데 다 제주의 청정한 흙과 물맛 아니겠어?"

"말은 맞지만 쫌 섭하네?"

"아니! 뭐가 섭섭하다고 해?"

"아무리 질 좋은 화산토고 삼다수라 해도 내 예쁜 손맛을 빼놓으면 안 되잖아?"

"아! 듣고 보니 그러네. 내가 술이 덜 깨 잠시 깜빡했어. 우리 왕비님 손맛이야 제주에서 따라올 사람 아무도 없죠."

"호호!"

"하하하!"

한바탕 웃어 대며 선화가 내준 시원하게 얼린 동치미

한 대접을 한 방울 남김없이 다 마시고 나자 정신이 번쩍 들면서 뱃속이 메슥거리던 게 사그라졌다.

"생각난 김에 지금 밭에 가서 무 뽑아다 줄까?"

"그래 주면 나야 고맙지."

"한 박스면 돼?"

"동치미 담는 김에 깍두기하고 무채까지 하려면 두 박스 정도는 있어야 되겠는데."

"알겠어, 큼직한 걸로?"

"이왕이면 크고 잘생긴 걸로 골라와."

"내 것처럼 말이지?"

"어머! 징그럽게시리."

"하하하!"

"호호!"

농원 일로 생활 리듬을 되찾은 선화완 격이 없다 보니 무슨 말을 하던 다 이해해 주어 한바탕 웃음까지 거듭 짓고 나니 마음까지 개운해졌다.

거울 앞에 서선 흐트러진 머릿결을 손으로 요리저리 쓰다듬곤 식당 옆에 있는 창고로 가서 리어카에 빈 단프라 박스 두 개를 실은 다음 농원 뒤편에 오래전부터 조성해 놓은 무밭으로 나갔다.

종자를 뿌린 지 엊그제 같은데 벌써 다 자라 온 밭이 연한 초록, 잎에 하얀 월동무가 널려 있는 게 마치 초원에 함박눈이라도 쌓인 것만 같았다.

비옥한 화산토에서 노지 재배한 월동무는 보기만 해도 먹음직스럽다. 고랑을 돌아다니며 큼직한 걸로만 골라 두 박스 가득히 뽑고 나니 허리가 저려 왔다. 기지개를 펴려는데 또 어깻죽지가 뻑적지근했다.

월동무를 주방으로 가져와선 최근 수질검사 결과 삼다수에 버금갈 만큼 수질이 양호하다는 판정을 받은 천연 지하 암반수로 세척해 그중 하나를 입에 덥석 베어 물었다. 그러자 아삭아삭 씹히는 맛에 신선한 당도가 입안에 가득 고여 왔다.

선화가 동치미와 깍두기를 만드는 걸 한참이나 물끄러미 바라보다가 농원 측면을 감싸 도는 개천 너머에 있는 고사리밭이 언뜻 생각나 소쿠리를 찾았다.

"또 어딜 가게?"

"요 며칠 고사리밭에 가 보질 않아 궁금해서."

"그렇잖아도 오늘 저녁 메뉴로 육개장 끓이려고 했는데 마침 잘됐네."

"알았수다! 오늘 임자 제대로 만났어."

"호호! 같이 가?"

"아니, 자기 바쁘니까 나 혼자 얼른 갔다 올게."

“그럼, 수고!”

“넹!”

방긋 웃어 주는 선화가 그렇게 예쁠 수가 없었다. 내 스스로도 행복이 넘쳐드는 걸 숨길 수 없어 얼굴 가득 만면의 미소를 적나라게 드러낸 채 농원 후면 너머로 있는 고사리밭으로 향했다.

개천가로 방치된 시유지 땅에 오래전 고사리가 하나 둘씩 돋더니 지금은 온 밭에 가득하다. 어느 날부터인가 농원을 찾는 단골들이 이를 어떻게 알고는 봄마다 찾아와선 자체적으로 고사리축제를 여는 통에 그 덕을 톡톡히 보고 있다.

빗물을 먹고 자라나 촉촉함을 머금은 갈색의 통통한 고사리가 세계유산인 한라산과 성산 일출의 정기를 잔뜩 품고 있어 더욱 탐스러워졌다.

봄 향기 그윽한 생고사리를 한 소쿠리나 가득 꺾어다 주자 음식 솜씨 좋은 선화가 삶아서 건져 내더니 쇠고기와 청량고추 등 각종 재료와 양념을 푹 넣고 큰 솥에 끓여 냈다. 곧 매운맛을 내는 캡사이신이 국물에 돌면서 칼칼해진 게 온몸 땀샘을 자극해 왔다.

매콤하면서도 뒤끝이 상큼한 육개장을 저녁 특식으로 내어 농원 사람들과 여럿이 함께 나눠 먹고 나자 해가 뉘

엿뉘엇 지면서 농원 앞산인 영주산 자락이 노을로 붉어진 게 커다란 동백꽃이라도 활짝 피어난 듯했다.

우리 조상은 예부터 붉은 색이 귀신이나 액운으로부터 자신을 수호해 준다고 믿어 왔다. 그 느낌을 직접 체험해 보고자 얼큰해진 몸과 마음을 붉어진 노을에 그대로 노출시켜 보았다. 곧바로 몸속 깊이 고여 있던 노폐물이 방울방울 땀으로 솟구쳐 나오는 것만 같았다.

그런 노을도 잠시여서 하루는 또 대자연 섭리에 묵묵히 순종만을 했다. 금세 어둠이 짙게 드리워지는가 싶더니 까만 하늘이 화려한 대지를 순간 덮쳤다.

농원에 조명등이 하나둘씩 켜지고 있는데 프런트에 있는 전화기가 따르릉! 따르릉! 하고 연방 울렸다.

"거기, 관광농원이 맞죠?"

수화기 너머로 조금은 숨넘어가고 또 가끔은 재래시장에서 들을 수 있는 카랑카랑한 남자의 목소리가 따갑게 들려왔다.

"네, 맞습니다만 무얼 도와드릴까요?"

"방 좀 예약하게요."

"모두 몇 분이시죠?"

"곱빼기로 칠인 분요."

"네?"

곱빼기란 속말을 처음엔 알아듣지 못해 재차 되물었다.

"남자 일곱에 여자 일곱, 총 열네 명요."

"아! 예!"

"제가 총무거든요, 칠사회명으로 예약해 주세요."

"알겠습니다."

곱빼기가 남녀 한 쌍을 뜻함을 알아채곤 속으로 웃음이 나왔다. 곱빼기란 말에 혹 요식업과 관련 있는 사람들이 아닌가 하는 생각도 들었다.

며칠 후 그 예약된 날짜에 칠사회 총무로부터 청주공항에서 막 출발한다는 전화를 받았다. 사전 약정해 준 게 따로 있어 곧장 봉고차를 몰아 제주공항으로 마중을 나갔다.

공항과 농원을 잇는 번영로가 새로 확장되면서 가로수 따라 나 있는 자전거 전용도로를 타고 산바람을 가로지르며 내달리는 자전거들이 무척 시원해 보였다.

돌하르방이 즐비한 민속마을을 돌아 조랑말이 한가로이 풀을 뜯고 있는 여러 오름 곁을 지나 피톤치드가 듬뿍 뿜어 나는 한라산 끝자락 편백나무 숲 언덕길을 넘는데 마음은 파란 하늘가에 두둥실 떠가는 뭉게구름 같았다.

감귤나무가 가로수처럼 늘어서 있는 제주 시내로 들어

선 곧장 공항에 도착하여 대합실 출구에서 미리 준비한 '칠사회 환영!' 이란 피켓을 높이 들이대고 있었다.

얼마 안 있어 시끌벅적하더니 관광객들이 한꺼번에 쏟아져 나왔다. 그중 한 사람이 내 피켓을 발견하곤 일행을 불러 모아 왔다.

"관광농원에서 나왔죠?"

"예! 맞아요."

"칠사회입니다."

"아! 어서들 오세요."

"반갑습니다!"

한눈에 보아도 일행임을 알아볼 수 있게 다들 색상과 무늬를 동일하게 맞춘 조끼를 걸치고 있었다. 그중 일부는 제주란 남국의 정취에 벌써 흠뻑 젖어 버린 얼굴들이어서 상기되어 있었다.

"다들 시장하니까 우선 식사부터 시켜 줘요. 뭐 맛있는 거 있소?"

"점심이 아직 이른데요?"

"금강산도 식후경이라 하잖아요."

"아! 예."

몇몇이 나서 밥부터 먹자고 했다. 사실 손님은 왕이니 원하는 대로 하면 될 걸 뭐 말이 많을까만 그래도 막 도착하여 시간 개념이 부족한 관광객들에게 좀 더 알찬 여행 일정을 맞춰 주고 싶었지만 다들 배고픈지 식사부터 하자고 요구해 왔다.

일행들을 보니 나이가 꽤나 들어 보였다. 그중 제일 젊다 하여 맡았다는 총무조차 환갑을 넘긴 나이였다.

"잡것들 뱃속에 밥 귀신이라도 들었나? 뱅기 내리자마자 밥 타령하게!"

그러자 일행 중 머리숱이 없고 빠짝 말라 보이는 이가 모자를 벗어 바지를 툭툭 쳐가며 불쑥 나서선 겨우 한 끼에 채신머리 없이 논다고 쏘아 왔다.

"아! 이 사람아, 말이야 바른말이지. 자고로 관광이란 배를 꽉꽉 채워 놔야 제대로 보이는 겨."

"비싼 돈 주고 왔는데 밥 먹을 시간이 어딨어? 얼른 얼른 구경 다녀야제."

"다투지들 마세요."

"외국 사람들도 다 보고 있는데 남우세스럽게 공항에서 뭔 쌈들이에요?"

내 말은 아랑곳 않더니 총무가 나서 큰소릴 내자 꼬리를 내리곤 더는 말들이 없었다. 사실 나이를 감안하면 밥 한 끼가 힘의 원천일 만큼 중요한 때다. 더욱이 생전 처음인 비행기 여행에 애들처럼 들떠 전날 밤잠들을 설쳐댔고 또

탑승 시간에 허둥대느라 대부분 허기가 져 있었다.

어쨌든 의견은 분분했지만 배고픈 본능은 한결같았다. 총무가 나서 중재하곤 일단 식당으로 가자고 했다.

"전복뚝배기로 모실까요?"

"전복?"

"예!"

"거 좋죠. 얼른 갭시다."

봉고차에 선탑한 총무 말에 의하면 칠사회는 요식업자 일곱 쌍이 모여 1974년도에 결성된 친목단체라 하였다. 바로 그 곱빼기 일곱 숫자와 칠십사 년도가 딱 궁합을 이룬 명칭이다. 그들 모두 요리에 대해선 나름대로 일가견이 있는 사람들이었다.

그런 요식업자임을 의식해 평소 평판이 나 있는 식당으로 데려갔다. 일행 모두가 시간을 절약하겠다며 메뉴를 통일하곤 한결같이 전복뚝배기를 주문하여 음료와 함께 식사들을 했다.

다행히 모두 흡족하게 식사를 마친 후 총무가 식대를 현금으로 계산하고 나가자 곧바로 식당 주인이 내게 살짝 다가와 소개비조라며 약간의 돈을 주머니에 찔러 주었다. 그건 관광지의 먹이사슬 연결고리였다.

난 그걸 많이 봐 왔던 터라 굳이 거절하지 않았다. 대신 칠사회 총무를 불러 식당으로부터 할인받은 거라며 돌려주었다. 그러자 총무가 연유를 모른 채 반색했다.

"이제 어디로 가요?"

다들 배도 부르고 커피마저 한 잔씩 뽑아 든 여유들을 만끽한 후라 눈요기가 생각난 것이다. 포만감 때문인지 일심동체가 되어 동시에 입을 모아 왔다.

"우선 제주에 왔으니 제주를 먼저 알아보도록 하겠습니다. 제주의 생성부터 시작하여 옛 풍속과 일생을 둘러보면 여러 관광지와 생태를 쉽게 이해할 수 있을 것입니다. 괜찮겠죠?"

"좋아요! 어디든 갑시다."

애당초 예약 받을 때 첫날만큼은 내가 직접 가이드해 주기로 조건을 달아 주었었다. 그건 가능한 비용을 줄여주기 위해서였다. 12인승 봉고차에 열네 명이나 태웠으니 전복뚝배기로 배를 채운 포만감만큼이나 꽉 들어찼다.

제주자연사박물관이 식당에서 가까운 곳에 있었다. 먼저 그리로 안내했다. 식후라 박물관에 들어선 어슬렁거리는 일행 뒷모습들이 마치 초원에 방목된 소처럼 한가로워 보였다.

예정 시간보다 훨씬 더 걸려 관람을 마친 일행을 봉고차에 태워 이번에는 성읍으로 가는 길목에 있는 몽골리 안 공연장으로 데려가 마상 쇼를 관람시켰다. 징기스칸의 일대기를 소재로 몽골 단원들이 번갈아 말을 갈아타며 묘기를 부리는 용맹스러움에 다들 찬사를 보냈다.

공연이 끝나자마자 다시 삼달리에 있는 일출랜드로 이동시켰다. 수변공원과 선인장하우스 특히 천연용암동굴인 마천굴 탐사는 일행들의 관심을 한층 더 돋게 하였는지 첫날 피날레로 기념 촬영들을 하느라 부산했다. 관람 내내 일곱 쌍 부부 간의 화기애애함이 물씬 묻어났고 피곤함도 잊은 채 웃음소리가 끊이질 않았다. 애들처럼 동심으로 돌아가 그네를 번갈아 타 보며 또 막 구워 낸 군밤을 까먹으며 서로 간에 장난스런 몸짓까지 서슴지 않으며 관광의 즐거움을 만끽했다.

날이 저물면서 숙소인 농원으로 돌아오는 도중 총무가 제과점에 들르자고 하더니 커다란 케이크를 샀다. 내가 그 연유를 물었지만 총무는 미소만 지어 보였다.

총무가 케이크를 산 이유를 안 건 바로 그날 다소 늦은 밤이었다. 숙소에 들어선 다들 방을 배정받아 여장을 풀고 식당에서 흑돼지 불고기로 저녁 식사를 마친 칠사회 일행은 느지막이 별실에다가 케이크며 음료와 다과 등을 준비하더니 사방에 촛불까지 켜 놓았다.

잠시 뒤 일행이 모두 모인 가운데 총무가 앞으로 나와

선 마이크를 잡았다. 그리곤 미리 워드로 쳐서 준비해 온 듯 A4종이를 호주머니에서 꺼내 펼쳐들더니 글을 낭독해 갔다.

"우리 칠사회는 정말 힘든 결정을 하여 오늘 한 명의 낙오자도 없이 먼 길을 나섰습니다. 우리가 이렇게 제주도로 여행을 나선 것은 그동안 앞만 보며 달려온 우리 자신들을 한 번 돌아보기 위해서였습니다. 그럼 먼저 출석으로 회원 이름을 모두 불러 보겠습니다. 복실네! 할매네! 꼬순네! 대창네! 장춘네! 돈코네! 그리고 저희들! 다들 이상 없죠?"

"네!"

총무는 감회가 남다른지 하나하나 일곱 회원의 가게 이름을 모두 불러 대는데 그 목소리가 사뭇 떨려 있었다. 회원들 또한 뻔한 출석 점검임에도 학창 시절로 돌아간 마냥 큰소리로 대답들을 했다.

"모두 이상 없이 계시는군요."

총무가 좌중을 일일이 둘러보며 말했다.

"탁 보면 척이지 새삼스럽게 뭘 또 확인하는 거야?"

"다, 나이 들면 깜빡깜빡한다잖아요."

"하하하!"

한바탕 웃음 짓는 소리가 별실 밖에까지 새어 나갔다.

총무도 입가에 웃음을 머금은 채 다시 종이를 눈높이로 들어 올리더니 계속 낭독해 갔다.

"우린 지난 74년도 석유파동으로 경기 침체 때 서로 상생하여 살아남고자 본 칠사회를 결성하였습니다. 이후 80년대 대통령 시해 사건과 5.18민주화운동 등 정치사회적 혼란기를 겪어 왔으며 또 84년과 90년도 두 차례나 큰 물난리를 당하여 삶의 터전을 잃을 뻔도 했습니다. 더욱이 97년 최대의 경제 위기였던 IMF를 맞아선 우린 너무 힘이 들었습니다."

총무는 간간이 고개를 들어 회원들 표정을 하나하나 살펴가며 낭독해 갔다.

"특히 맏형인 복실네가 중상을 입는 뺑소니 사고를 당한 일과 꼬순네 가게가 화재로 전소된 일, 또 돈코네가 금전 사기를 당한 것 등은 우리 칠사회의 존폐를 위협했던 최대의 고비였습니다. 또한 얼마 전 대창네와 장춘네가 암 판정을 받은 것은 너무 충격적이었습니다. 그러나 우린 모두 힘을 뭉쳐 포기하지 않고 서로를 붙잡아 주고 이끌어 주며 오늘 이 순간까지 단 한 집도, 단 한 분도 낙오자 없이 모두 살아남을 수 있었습니다. 이게 바로 우리 칠사회의 위대한 승리가 아니고 뭐겠습니까?"

총무는 지난 회고에 감정이 목메어 오자 붉어진 눈을

홈치며 물 한 모금을 마시더니 계속 읽어 내려갔다.

"그 승리의 원동력은 우리 칠사회가 고통과 고난을 참고 견뎌 내며 누구 하나 허튼짓 없이 오직 앞만 보고 달려왔기 때문입니다. 언제 우리가 휴가나 여행조차 제대로 다녀 본 적이 있었습니까? 더욱이 아프면서도 병원에 입원해 본 적이 있었나요? 우리에겐 휴가나 병실에 누워 있을 그럴만한 여유가 없었던 것입니다. 왜? 무엇 때문에? 또 누굴 위해 그래야만 했던 것입니까?"

총무의 목소리가 한층 더 복받쳐 오르자 이를 경청하던 일행들도 더욱 숙연해했다.

"그건 바로 우리 모두의 행복 때문이었죠. 그러나 우리의 행복은 항상 저만치 비켜서 있었습니다. 부지런히 쫓았는데도 행복은 또 멀어져 가 있더군요. 골목길 하나를 돌아서면 또 골목길이 나 있고 또다시 뛰어가 골목길을 도는데 역시 골목길뿐이었죠. 행복은 항상 어서 오라 하지만 우린 행복을 붙잡지 못하고 좁고 어두침침한 시장 골목만 맴돌고 있었던 것입니다."

총무는 잠시 숨을 멈추더니 일행을 향해 주먹을 불끈 쥐었다. 그리곤 마지막 구절을 낭독했다.

"이제야 우린 깨달았습니다. 우리에겐 소박하나마 행복이 하나 있다는 사실을요. 우린 그동안 이 사실을 잊고 있었습니다. 그건 바로 우리 칠사회 부부 모두가 한 명의 낙오자도 없이 함께 해로하고 있다는 아주 중요한 사실입니다. 사람 나고 돈 났지 돈 나고 사람 났습니까? 바로 이게 우리가 찾아 헤매던 진정한 행복이 아니고 뭐겠습니까?"

총무의 힘찬 마지막 구절에 눈시울을 붉히고 있던 일행 모두가 일어나 기립 박수를 치며 뒤섞인 채 서로 손을 맞잡고 얼싸안아 환호했다.

잠시 뒤 그 환호가 진정되면서 총무는 일일이 음료를 따라 축배를 제창하곤 다시 마이크를 잡았다.

"올해로 세 분이 칠순을 맞았습니다. 복실네와 할매네, 그리고 꼬순네! 요즘 시대 칠순이 그리 대단한 건 아니지만 우리에겐 아주 특별난 해입니다. 모두 앞으로 나와 주세요."

칠사회를 대표하여 총무가 칠순을 맞은 세 사람에게 금으로 만든 장수의 상징인 거북이를 전하자 모두 열렬히 축하의 박수를 쳤다. 모두라 해 봤자 곱빼기 칠인 분으로 조촐한 열네 식구밖에 되지 않았지만 그 분위기만큼은 아주 뜨겁고 성황인 연회였다.

"이리 좋은 날, 와 술이 없소?"

칠순 기념으로 세 명이 함께 손을 모아 막 케이크를 자르려는데 곱창집인 대창네가 불쑥 나서 술을 찾았다.

"그러게! 잔치에 술이 빠지면 김새지. 안 그렇습니까?"

족발집인 장춘네가 대창네 말을 거들었다. 그러자 총무를 위시하여 다들 난감해하며 대창네와 장춘네 처의 눈치를 슬쩍 살폈다.

"절대 술은 안 돼요!"

대창네 처가 고함치듯 큰소리로 말했다.

"당신 정말 미쳤어요?"

이에 질세라 장춘네 처도 펄쩍뛰며 한마디 쏘아 냈다.

순간 환호하던 분위기가 일순 무거워져 침묵했다. 왜냐면 최근 대창네와 장춘네가 연달아 암 판정을 선고받았기 때문이다. 그러니 누구든 술이 간절해도 일절 내색할 수 없었다.

언제 어디서 죽을지 모르는 상황인데도 당사자들이 아랑곳 않고 술타령이니 처의 입장에서는 속이 터질 말이었다. 사실 이번 여행을 서둔 것도 대창네와 장춘네 때문이었다.

어색해진 분위기를 반전시키기 위해 총무가 별실 안에 있던 노래 반주기를 얼른 틀었다. 그리곤 칠순 맞은 보신탕집 복실네와 곰탕집 할매네 또 닭집 꼬순네를 순번으로 정하여 한 곡조씩 이어 부르게 했다.

다행히 더는 술 찾는 사람이 없어 분위기가 진정되었다가 조금씩 흥에 차면서 선창을 함께 합창했다. 그 노랫소리가 농원 외부까지 멀리멀리 퍼져 나갔다.

삼겹살집인 돈코네가 마이크를 잡더니 앵콜이 이어지자 대창네가 화장실에 다녀온다며 살며시 나가더니 화장실엔 안 가고 반대편 산책길에 나 있는 동백나무 우거진 숲으로 숨어들었다.

순간 라이터 불빛이 어둠에 번쩍하더니 담배 연기가 달빛을 타고 솟아올랐다. 폐암 판정을 받은 대창네는 절대 금연임에도 니코틴과 타르가 가득한 뿌연 담배 연기를 몸 안 깊숙이 빨아들이곤 거듭 후하고 길게 내뱉자 검은 마귀가 춤을 추듯 피어올랐다.

그때 대창네를 뒤따라 나온 장춘네가 끽연하는 대창네를 발견하곤 반가움에 동백나무 우거진 숲으로 따라 들더니 안주머니에서 팩소주를 꺼내 단숨에 벌컥벌컥 들이마셔 댄다.

"너, 간암 환자 맞아?"

"그런 넌, 폐암 환자 맞냐?"

"나야 포기한 거지…… 하지만 자넨 치료받으면 나을 수 있다 하잖아!"

"누가 그런 거짓말을 해? 나는 내 자신을 잘 아니 내 격정 말고 조금이라도 오래 살려면 자네나 담배를 끊게. 담배는 아주 백해무익하다잖아!"

"난, 이미 늦었어! 어차피 죽을 몸이니 담배 끊는다고 뭐가 달라질 건 하나도 없어. 내 좋아하던 거니까 실컷 피우다 죽으면 원이야 없겠지."

폐암 선고받은 대창네와 간암 선고받은 장춘네는 스스로 죽음을 예지하고 있어 담배와 술을 끊는 게 아무런 의미가 없다고 여기고 있다. 다만 그런 서로의 모습이 안쓰러워 보여 위로하려 했지만 언제 죽을지 모르는 불확실한 미래를 생각하자니 둘 다 눈물만 글썽였다.

"술은 말이여, 세월에 속아 살아도 속은 줄 모르게 하거든. 자네도 한 번 취해 봐. 살고 죽는 거 아무것도 아니야!"

"나야, 다 사연이 있어 그러네만."

"사연이라니 뭔데?"

"와, 듣고 싶냐?"

"이왕지사 나온 말이니 함 들어 보자."

"그러니까 아마 참전 끝 무렵이었어. 우린 한 고지를 탈환하라는 작전명령을 받았었지. 그 작전은 생사를 보장할 수 없는 대혈투였거든. 그때 난 마음에 위안을 삼기 위해 한 전우와 혈맹을 맺었지."

“혈맹을?”

“어! 만약 내가 죽게 되면 그 전우가 날 살려 주고, 만약
그 전우가 죽게 되면 내가 그 전우를 살려 내기로 한 거
야. 새끼손가락을 깨물어 혈서로 약속했지.”

“절대 죽을 일이 없으니 아주 기막힌 혈맹이구만!”

“흐흐!”

대창네의 이야기를 듣던 장춘네가 붉으래진 눈을 깜박
이며 소주를 한 모금 들이키자 의미심장한 눈웃음을 짓
던 대창네도 말을 멈춰 담배를 한 모금 들이마셔 길게 내
뿔곤 다시 말을 이었다.

“그 전투에서 다행히 난 아무런 부상도 입지 않았어.
근데 그 전우는 고지 점령을 바로 코앞에 두고 적이 매설
한 지뢰를 그만 밟은 거야. 두 다리가 잘려 나가자 비명
을 지르면서 나한테 약속한 대로 살려 내라고 울부짖더
군.”

“저런! 쯧쯧! 그래 어찌됐어?”

“피비린내가 진동했지. 하지만 상처가 너무 커서 나로
선 어떻게 할 수 없었어. 게다가 하도 부상자가 많고 또
야전이라 의무병조차 손을 못 대더군. 정말 불가항력이
었어. 내가 할 수 있었던 건 고작 고통스러워하는 그 전
우 입에 담배만 계속 물려 주었을 뿐이지. 결국 난 그 전

우와 약속을 못 지키고 말았어."

"그야, 자넨들 어쩔 수 없었던 거 아냐?"

"나도 그렇게 편히 여기려 했지. 근데 그 전우가 죽은 후 꿈마다 나타나 살려 내라는 악몽에 시달렸거든. 아직까지 그 전우의 원망 섞인 눈빛이 지워지질 않아 담배만이 유일한 위안이었어. 만약 담배마저 없었더라면 난 미쳤을 거야."

사연을 듣고 난 장춘네가 팩소주 한 모금을 더 들이마시더니 목을 꼴깍거렸다. 대창네는 어둠과 정적 속에 그 소리를 뚜렷이 들을 수 있었다.

"나도 술을 못 끊은 사연이야 있지."

"뭔데?"

"별로 생각하고픈 이야기는 아니라네."

"어차피 우린 같은 처지 아닌가? 속 시원히 한 번 털어놔 보게."

동백나무 가지 끝에 걸쳐 있는 초승달을 올려다보던 장춘네가 고개를 끄덕이더니 한숨을 크게 내쉰 후 말을 이었다.

"난, 아주 어려서 고아였네. 원래 부모가 없는 건지 아니면 날 버린 건지 알 수 없지만 하여튼 고아원에서 자랐어. 그러다 고아원이 싫어져 한 애와 밤중에 도망친 거야. 갈 곳 없고 배고파 아무 데서나 노숙하며 닥치는 대로 얻어먹었지. 그때 제일 흔한 게 술이었어. 어른들을 따라다니다 보니 저마다 한두 병씩 꿰차고 있었거든. 대부분이 술주정뱅이들이었으니까. 배고플 때마다 마시다 남은 걸 내가 마시곤 했지. 그때 술이란 게 배고픔도 불행도 다 잊게 해 주더군."

이번엔 장춘네의 사연을 듣던 대창네가 담배를 한 모금 깊이 빨아들이자 장춘네도 팩소주를 한 모금 더 들이키곤 말을 계속 이어갔다.

"술이란 말이여, 행복을 안주로 여길 때보다 불행을 안주로 삼을 때가 더 맛이 나더군. 나중에 안 거지만 난 고아가 아니라 버림받았다는 걸 알았지. 출생이 궁금해 고아원에 들렀더니 원장이 내가 다 컸다며 사실을 모두 말해 주더군. 당시 누군가가 날 버리고 갔었다고……."

"저런! 몹쓸 놈들."

"그래도 내 부모라네. 욕은 하지 말게."

"……."

장춘네가 눈을 부라리는 통에 대창네가 말을 못하고 머뭇하는데 때마침 장춘네 처가 밖으로 나와선 큰소리로 찾는 소리가 들려오자 둘은 얼른 손으로 입을 싹싹 씻곤 손을 툭툭 털며 아무렇지도 않은 듯이 일어나 일행이 있는 곳으로 따라 들어갔다.

어느새 초승달이 부쩍 기울어 동백나무 위로 걸쳐 있던 게 백일홍나무 위로 옮아 가 있었다.

칠사회가 빠듯하게 잡은 여정을 모두 마치고 떠나는 날이었다. 아침상으로 뭔가 푸짐하게 한상 차려 주고 싶어 새벽녘 성산 어시장에 다녀와 싱싱한 은갈치와 옥돔을 사 왔다. 선화가 주방장을 시키지 않고 손수 이를 구워 내어 입맛을 돋우어 냈고 또 선화가 직접 신선한 말고기로 육회 무침과 청정 한우로 불고기를 만들어 냈다. 그리고 월동무로 무채를 하여 굴과 양념을 넣고 버무려 내니 식욕이 한층 돋았다.

주방에서 선화와 주방장이 조식을 한창 준비 중이었는데 여행 마지막 날임을 아쉬워하는지 칠사회 일행 모두가 한결같이 농원 바로 앞산인 영주산을 다녀오고 싶다고 해서 내가 산행을 안내해 주었다.

몸속 면역력을 강화시켜 주는 피톤치드가 풍부한 편백나무 우거진 오솔길을 따라 살찐 소와 말이 방목된 초원을 오르는데 풀마다 다 뜯어먹어 기계로 자른 듯 가지런하고 화산석과 가시덩굴만 군데군데 남아 있었다.

이따금 전이라도 부쳐 놓은 것만 같은 소와 말들의 초

식 배설물이 사방에 즐비해서 밟아 보기도 했지만 불쾌하지 않았고 냄새도 없었다.

이마에 땀이 몽글몽글 솟아나도록 걷고 나니 어느새 영주산 봉우리에 우뚝 올라섰다. 산 아래를 굽어보는데 커다란 풍력기가 거대 군단을 편성해 진군하는 것처럼 보였고 멀리 일출봉과 우도봉이 희뿌연 안개 속에 정박한 군함 같아 그 기개가 위풍당당해 보였다.

칠사회 일행 모두가 일심동체하여 심호흡하며 수분이 촉촉히 배어나는 청정 산소를 맘껏 들이켰고 손 모아 소리도 질러 보고 또 하늘의 기를 끌어당기듯 어깨를 활짝 젖혀 자꾸 굳어만 가는 세월의 뼈마디를 풀어 주기도 했다.

자연은 존재하는 그 자체만으로도 사람의 몸과 마음을 정갈하게 순화시켜 주었다. 그건 도심 속 콘크리트 구조물에 갇혀 사는 사람들이 자꾸만 푸른 공원을 찾고 자연 생태를 보존시키려는 이유였다.

산행을 마치고 내려오자 식당에서 선화와 주방장이 조식 준비를 마무리하느라 달그락거리는 소리가 났다. 시간적 여유가 다소 남아 있자 칠사회는 식탁에 앉아 그간 있었던 소감과 새로운 각오들을 털어 놨다.

그러던 중 갑자기 웅성거렸다.

"어서 내놓으라니까?"

"이 사람아! 됐다는데도 그러네."

갑자기 장춘네와 대창네가 큰소리를 내며 소란스럽게 했다. 장춘네가 대창네의 안주머니에 들어 있는 물건을 꺼내 놓으라고 다그치자 대창네가 눈을 부릅뜨곤 아무것도 없다는 듯이 손을 절레절레 흔들며 꽁무니를 뺐다.

그 뜻밖의 광경이 마치 큰 싸움질만 같았다.

"절대 한 발짝도 못 나갈 줄 알아!"

"억지 부리지마!"

"그럼, 다 고자질해 버릴까?"

"네놈도 마찬가진데 뭘? 해볼 테면 해봐라!"

영문을 모른 난 이를 말리기라도 해보려고 조식을 서둘러 내어 세팅하려는데 장춘네와 대창네가 식사는 안중에도 없는지 둘 다 막무가내였다.

한참을 밀고 당기며 실랑이를 벌이더니 결국 힘이 더 센 장춘네가 대창넬 붙잡고 속주머니를 강제로 뒤져 담배 한 갑을 통째로 뺏어 냈다.

그러더니 곧바로 가위를 집어 들었다.

"지금부터 자아비판을 하고자 합니다. 대창네는 신뢰를 무너뜨리지 말아야 한다는 우리 칠사회의 회칙을 어기고 집사람 몰래 흡연을 해 왔습니다. 더욱이 몸이 안좋으면서도 담배를 펴 온 것은 큰 잘못이므로 지금부터라도 반성하며 끊기로 약속합니다. 대창네! 약속하겠습니까?"

그제야 사태의 진의를 알아챈 일행들은 반색을 하며 일제히 대창네를 쳐다보았다. 더욱이 놀란 대창네 처가 바라보는 눈빛에 한숨과 원망이 가득 차 있자 대창네는 그만 아랫입술을 지그시 깨물더니 순순히 응했다.

"예! 끊겠습니다."

"자! 그럼! 모두 앞에서 공언하는 약속으로 이 가위로 직접 담배를 잘라 버리도록 하겠습니다."

대창네는 달리 방법이 없자 장춘네가 건네준 가위를 집어 들더니 자신이 몰래 소지하여 피우려 하던 담뱃갑을 들고 처의 눈치를 살짝 살펴본 후 이내 통째로 싹둑싹둑 잘라 냈다.

"와! 박수!"

"정말 잘했어!"

칠사회 일행 모두가 박수를 치며 환호해 주었다. 대창네 처의 눈가에도 새삼 느껴지는 게 많은지 영롱한 이슬이 맺히는 게 보였다.

"잠깐만요! 하나 더 밝힐 게 있습니다."

담배를 모두 잘라 낸 대창네가 시원섭섭해하면서도 분에 찬지 벌떡 일어나 장춘네를 힐끗 쳐다보더니 음흉한 미소를 지으며 말했다.

　그러자 이번엔 모두의 시선이 장춘네로 몰려들었다.

　"또 뭐래?"

　"장춘네도 우리 칠사회의 회칙을 어겼습니다. 비판받아야 마땅합니다."

　"증거 있어!"

　장춘네는 곧바로 처의 원망 서린 눈총을 받자 대창네에게 증거를 대라며 두 눈을 치켜떴다.

　"장춘네는 제가 보는 앞에서 어젯밤 술을 마셨습니다. 팩소주였지만 하나를 통째 다 마셨습니다."

　"정말여요?"

　"제가 두 눈으로 직접 보았습니다."

　"당신, 정말 죽으려고 환장했어!"

　"그게 아니라니까!"

　"그렇게도 빨리 죽고 싶은 거요? 나와 애들은 안중에도 없었단 거죠?"

　"아니! 그게 아니라……."

　"장춘네! 사실대로 모두 고하게. 우린 모두 죽기 전까지 칠사회를 지켜야 할 책임이 있다네. 나도 담배를 끊기로 했으니 자네도 술을 끊게."

　"……."

장춘네 역시 처의 간절한 소망이 깃든 눈빛을 거듭 마주하자 이내 고개를 숙이곤 말을 잇지 못했다.

"자! 모두 앞에서 공언토록 합니다. 장춘네가 술을 끊겠다는 서약서를 쓰겠답니다."

어느새 대창네 손에 펜과 하얀 종이가 들려 있었다.

"어서 쓰게!"

"어서 해!"

일행들이 '어서 해!'를 반복하며 재촉하자 더는 피할 수 없음을 느낀 장춘네가 펜을 받아들더니 하얀 종이 위에다가 써내려갔다.

'이 순간부터 어떠한 경우라도 일절 금주하겠다. 만약 이를 어기면 사람이 아니라 개나 소다. 양심에 손을 얹고 칠사회에 맹세한다……'

장춘네가 서약서를 다 쓰더니 서명까지 했다.

"됐습니다. 이젠 퍼포먼스로 장춘네가 직접 이 쇠주병을 깨트리겠습니다."

"와!"

또다시 일행 모두가 환호를 하자 장춘네는 대창네로부터 건네받은 소주병을 들고 식당 밖으로 나갔다. 그리곤 칠사회 일행이 모두 지켜보는 앞에서 힘껏 내던졌다.

"쨍그랑!"

농원 밖 곶자왈에 뒤엉킨 덩굴 속 검은 화산석에 소주병이 부딪치면서 알콜과 병조각이 어우러져 동시에 사방으로 튀자 아침 햇살에 반사되어 병 깨지는 소리와 함께 알콜과 유리가 번쩍번쩍였다.

일행 모두 대창네와 장춘네의 고해성사를 축하하며 일일이 악수를 나누었다. 대창네도 장춘네도 성산포 일출봉에서 솟아오른 아침 햇살이 한층 더 포근해짐을 느꼈는지 처의 손들을 꼬옥 붙잡아 주었다.

마치 최후의 만찬이듯 조식을 마치고 농원을 떠나보내는데 대창네와 장춘네가 자꾸 눈에 밟혀와 나 자신도 모르게 눈물이 핑 돌았다. 오래오래 살아남아 언젠가 또 만날 날이 있기를 간절히 소망하느라 한참이나 두 손을 맞잡고 있었다.

칠사회 일행 모두가 그런 내 마음을 아는지 돌아보고 또 돌아보고 몇 번이나 돌아보느라 발걸음을 떼지 못하더니 또다시 렌터카 창문을 열고 손을 흔들고 또 흔들어 주는 바람에 그 정든 모습들이 굽어진 길을 돌아서 보이지 않을 때까지 나와 선화도 제자리에서 꿈쩍을 않고 손을 흔들고 또 흔들어 주었다.

비등점

예전에 신선이 살았었다는 영주산에는 다음과 같은 설화가 있다.

아주 먼 옛날 부잣집 처녀와 근근이 사는 총각이 한 마을에 살고 있었는데 효성이 지극하던 총각이 하루는 고운 처녀에 반해 정신병자처럼 행동을 하면서 홀어머니가 외롭게 세상을 뜨게 되자 마을 사람들로부터 불효자라며 비난을 받았는데도 처녀가 총각과 만나는 걸 보게 된 아버지가 처녀를 내쫓자 하는 수 없이 둘은 같이 살려고 했지만 하늘로부터 벌이 내려져 처녀는 영주산이 되었고 총각은 영주산만 바라보는 무선돌이 되었다는 전래이다.

그 전래에 나오는 총각과 처녀의 슬픈 운명과는 달리 나와 선화는 축복을 받았다. 스승님마저 뭍으로 돌아가지 않고 제주에 정착했다는 소식을 듣고선 급히 수소문해 몇몇 지인들만 모인 가운데 소박한 예식을 치렀다.

농원 한가운데에 빨간 융단을 깔아 놓고 축하의식으로 샴페인과 다과를 준비했다. 예물로써 커플반지를 만들어 서로 주고받았으며 예식 후 신혼집이나 신혼여행을 따로 준비할 필요는 없었다. 지천에 널려 있는 게 신혼집이며 머무는 곳마다 모두가 아름다운 산과 바다였으니 어디를 가고 어디에 머물든 둘만이 함께 있는 그 자체가 바로 신혼지였다.

"검은 화산토가 퇴색해 빛깔이 흰 모래가 될 때까지 오빠만을 사랑할 거야!"

"나도 사시사철 늘 푸른 동백나무 잎이 모두 하얗게 변할 때까지 선화만을 사랑할 거야!"

선화와 난 농원을 활짝 열어 둔 채 주변 일대를 정처 없이 싸돌아다녔다. 누군가를 사랑하며 그 사랑하는 사람과 함께 동행하고 있다는 그 자체가 너무나 좋았다. 더는 잃어버릴 것도 더는 욕심 낼 것도 없었다.

하루는 선화를 데리고 성읍에서 신풍리 방향으로 천미천을 따라가는데 남산봉이 나왔다. 입구를 따라 탐방로를 오르자 비치미오름과 개오름과 영주산이 조망되었다. 조선 정의현 시대에는 영주산을 뒷산, 그리고 남산봉을 앞산이라 불렀다 한다.

 그 풀밭 오름 사이를 걷는데 자금우와 산죽대 또 제비
꽃, 각시붓꽃, 양지꽃 등이 그리고 원형 굼부리 안에는
죽나무가 군락을 짓고 있었다. 그곳 망오름과 이웃해 삼
달리 쪽으로 본지오름이 이어져 있어 마치 등선 마루가
초승달처럼 등이 길게 휘어진 것처럼 당초 원형이던 화
구가 침식되면서 말굽형이 되어 있었다.

 또 하루는 영주산 뒤쪽을 돌아보는데 억새밭이 바람에
흐느적거리며 춤을 춰대는 멋진 장관을 연출해 왔다. 그
한쪽으론 농촌 용수개발이 한창이었다. 제주는 화산석
인 현무암이 대부분이기에 용천수가 아니면 지표수가 쉽
게 빠져나간다. 하지만 성읍은 뭍의 흙과 똑같은 반황토
여서 물을 가둘 수 있는 저수지로써 천혜의 조건을 갖추
고 있다. 저수지 터를 돌아 나오는 길목에 승마장이 있어
조랑말과 포니마차를 타 보았다.

 그리고 또 하루는 천미천을 따라가다 민속마을 외곽에
있는 김정문알로에 농장에도 가 보았다. 세계에서 자생
하는 모든 알로에 품종을 전시해 놓고 있었는데 특히 수
십 년 만에 한 번 꽃피운다는 디코토마와 또 십 년에 겨
우 손톱만하게 크는 종자와 단 일 년 만에 2미터씩 자라
는 대형 종자 등이 백합, 튜울립, 수선화 또 양란, 국화 등

과 한데 어울려 아름다움을 한껏 자아냈다.

또한 어느 땐 농원 후면에 조성해 놓은 밭에 나가 흙먼지를 뒤집어쓰며 채소를 가꾸는 재미에 푹 빠지기도 했고 또 박달나무 그늘 아래에서 틈틈이 전원 풍경을 화폭에 담아 보기도 했고 가끔은 글을 써 가며 평온함에 한껏 젖어 있기도 했다.

그렇게 더는 아무 걱정이 없었는데 사촌 형이 찾아오면서 생활 리듬이 깨지고 말았다. 사촌은 겉으론 진솔한 척했지만 속마음은 음흉함이 배여 있었다.

전에도 농원을 좋은 조건으로 팔아 주겠다면서 내놓으라고 여러 차례 꾀어 왔지만 내가 매번 단박에 거절한 적이 있었고 또 한 번은 기획 투자를 권유받았는데 내가 답은 주지 않으면서 질질 끌자 제풀에 지쳤는지 스스로 나자빠진 적도 있었다.

나중에 안 사실이지만 그 둘 다 브로커가 끼여 있었다. 그때 얼마나 다행인지 내 가슴을 다 쓸어내렸다. 그런 사촌이 이번엔 생수 사업을 해 보자고 권유해 왔다. 농원 식수원인 지하수가 수질검사 결과 삼다수보다 더 맑고 깨끗하다는 평을 받은 걸 안 사촌이 가만둘 리가 없었다.

"물장사요?"

"그려, 대박 나는 사업이야."

“전, 그런 건 잘 몰라서…….”

“허허! 자넨 무조건 내 하라는 대로만 하면 되는 거야. 내 알아서 다 해 줄 테니 아무 걱정할 것도 없다니까.”

“자금도 많이 들 텐데요?”

“내 금융 발이 넓잖아, 자금줄을 넉넉히 받기 위해선 자네 역할이 크네.”

“제가 뭘요?”

“내가 그럴싸하게 계획서 만들어 줄 테니까 땅주인인 자네가 직접 개발하는 것처럼 떠벌리라고, 그래야 신뢰도가 높아져 투자자들이 낚시밥에 걸려든다니까. 사람은 살면서 평생 기회가 세 번 온다잖은가. 이번 기회가 마지막이라고 여겨 실수 없도록 만반이 준비하라고.”

“예?”

“허가만 받아 놔도 그 프리미엄이 얼만 줄 아나? 수십억이야. 힘들이지 않고 돈방석에 앉는 거지. 세상에 그런 장사가 또 어디 있겠는가, 안 그래?”

“……”

사촌지간이라 냉혹하게 잘라 말하기도 뭐해 매번 눈치만 살펴보곤 했다. 그런 내 의혹과는 달리 사촌은 마치 자신 있는 것처럼 큰 헛기침을 여러 번 해 댔다.

그날 마음이 심란해 꽤 늦은 밤중임에도 선화를 데리

고 바다에 나가 보았다. 검은 바다에 하얀 파도마저 마음을 철썩여 댔다.

"오빠, 심난하지?"

"좀……."

"어떻게 할 건데?"

"자긴 내가 이곳에 머물고 있는 이유를 아나?"

"글쎄? 음, 나 때문에?"

"후후! 맞아. 내가 여기 처음 내려올 때 넓은 감귤 밭 한가운데에 작은 오두막집과 하얀 오픈카 그리고 스피드가 탁월한 토종개만이 있었지. 하지만 뭐든 내 외로운 마음을 달래 주진 못했어. 그러던 중 한 번은 동백나무 묘목을 심어 보았지. 매년 쑥쑥 자라나더니 어느 핸가 방풍림같이 사방으로 농장을 둘러싸더라구."

"……."

선화는 말없이 내 말을 듣기만 했다.

"그 동백꽃들이 피면서 내 상처도 조금씩 아물어 갔어. 그때부터 농장을 관광농원으로 개조시킨 거야. 결국엔 내 젊음을 불살라 사랑도 세월도 다 묻어진 곳이 되어 버렸지만……."

"그랬구나! 난 오빠가 그 정도로 가슴 아파하는 줄 정말 몰랐어."

"하하! 다 지난 일인데 이제 와서 생각하면 뭘 해. 지금 함께 있으니 됐잖아."

"그럼, 아까 사촌형님이 말한 건 어쩔 건데?"

선화가 조금은 안쓰러운 마음이 들었는지 화제를 돌려 낮에 일을 물어 왔다.

"지금 이 순간에도 농원에 살아 숨 쉬고 있는 모든 생물들이 우리 둘을 축복해 주고 있어. 선화만이 내가 이 농원에 버티고 살아온 유일한 이유였거든. 그러니 우리가 앞으로도 함께 살기 위해선 반드시 이 농원을 지켜 내야만 해!"

"알았어! 오빠만 믿을게."

"내 마음 다 이해해 주어 고마워."

"원래 사랑하는 사람끼리는 미안하다거나 고맙다는 말은 안 쓰는 거래."

"아직 사랑이 덜 뜨거워져서 그런가?"

"호호! 그럼, 나 업어 줘 봐!"

"하하! 알았어. 하나 더하기 하나는 얼마?"

"둘? 아님 하나?"

"삼십육점오 더하기 삼십육점오니까 칠십삼이야."

"정말?"

"그럼! 조금만 뛰면 가열받아 금방 비등점에 도달될

걸?”

“야호! 저 일출봉까지 가요!”

“오케이!”

난 선화를 업고선 일출봉 정상까지 뛰어올라갔다. 동암사 뒤편으로 평지가 아닌 가파른 오르막이었지만 선화를 업었다는 생각은 조금도 들지 않았다. 단지 내가 살아오는 동안 애를 태우던 사랑을 막 업은 것뿐이라 여기자 하나도 무겁다는 생각이 들지 않았다. 오히려 신이 나고 기쁘기만 했다.

사방은 온통 어둠이었지만 내 눈은 태양처럼 이글거려 오르는 길을 훤히 밝혀 주었다. 숨을 헉헉! 거리며 가슴에 쌓아 두었던 고통을 심장에서 폐를 거쳐 숨구멍으로 죄다 쏟아 냈다.

일출봉 정상에 점점 다가갈수록 선화 몸이 더 가볍게만 느껴졌다. 그건 이미 선화와 난 암수한몸 일체가 되었던 것이다. 내가 힘이 부쳐 페달을 밟는 속도가 느려지자 선화가 뒤에서 내 발 위에 두 발을 겹치곤 힘을 실어 주었다. 그러자 페달은 가속을 받아 더욱 세차게 굴러갔다.

그렇게 정상에 오르자 중기 홍적세 때 분출한 화산섬 일출봉이 장엄하게 펼쳐 왔다. 고려사절요에 의하면 ‘산이 처음 솟아나올 때는 구름과 안개로 뒤덮여 어두컴컴

하고 땅은 진동하는데 우레 소리 같았고 초목은 없고 연
기가 산 위를 덮고 있어 이를 바라보니 석류황과 같으므
로 사람들이 두려워하여 감히 가까이 갈 수 없었다.' 라
고 기록되어 있다.

　그러나 난 하나도 두렵지 않았다. 선화를 내 곁에 두고
있어 오히려 세상을 넘어 마치 천상에 올라선 것만 같았
다. 파노라마로 펼쳐 오는 기암 바위 봉우리에 넋을 놓고
있는데 어느새 군락을 이룬 억새밭으로 사랑의 세포가
펄럭이듯 바람에 한껏 나부껴 왔다.

진보

농원 구석구석을 살피는데 아무렇게나 나뒹구는 동백나무 잎들이 구질구질해 보였다.

처음엔 제 몸집을 키우느라 희생된 게 안쓰러워 보여 제 스스로 분해될 때까지 방치해 두려 했으나 이게 시간이 흐르면서 수분을 머금더니 물컹거리며 썩어 가는 모습이 측은해 보이고 민망스러워진 것이다. 그럴 바엔 차라리 화장시키는 게 더 나으리라 여겨 종이 포대에 일일이 쓸어 담았다.

그 나뭇잎들이 소각장에서 타닥거리며 불에 점화된 순간 한해를 꿋꿋이 지켜온 풍파도 격동도 영욕도 모두 형체 없는 연기로 산화되어 제 살던 농원을 한 바퀴 획 돌더니 상공으로 쏜살같이 날아갔다.

작아진 불을 지펴 둔 채 평소 눈엣가시처럼 걸렸던 차도에서 농원으로 들어오는 입구에 무성하게 방치된 억새풀을 낫으로 일일이 잘라 냈다.

"챙!"

낫질을 몇 번 하다 말곤 유리병에 낫이 부딪는 소리가 났다.

"뭔, 병이지?"

손으로 수풀을 헤쳐 꺼내 보니 한라산 소주병이었다. 뚜껑이 고스란히 보존된 걸 보니 누군가가 이곳에 몰래 숨겨 놓았다가 잊어버린 듯했다. 추측컨대 어느 해인가 수학여행 온 어느 중고등학생들 중 하나가 숨겨 놓았던 게 분명했다.

지도교사 몰래 숨겨 두었다가 깜박 잊거나 아니면 알코올에 취해 볼 시간적 틈이 없었던 것 같았다. 가끔은 보물찾기라도 하듯 농원 여기저기 요새에 숨겨진 술병이 발견되곤 한다.

언젠가는 오 목수가 숙소 보수공사를 하다가 욕실 천장에서 소주병을 박스 채 찾아낸 적도 있었고 또 어떤 경우는 양주병까지 나올 때도 있었다.

호기심이 많은 청소년기라 누구든 한 번쯤은 유사한 추억들을 갖고 있으리라 본다. 나 역시 학창 시절 그런 경험을 한 바가 있었다.

그건 리더십을 배양한다며 학생회 간부수련회로 홍도에 갔을 때의 일이다. 당시 홍도로 수련회 가는 경우는 거의 드물었다. 그때 스승님의 본가가 홍도여서 아마 입김이 작용하지 않았나 싶다.

어쨌든 우린 목포에서 여객선을 이용해 흑산도를 거쳐 홍도에 무사히 입항했다. 하지만 홍도는 계속된 가뭄으로 갈수기라 식수가 아주 귀했다. 우물마다 물이 말라 있어 겨우 목만 축일 뿐이었다.

천연기념물로 지정된 몽글몽글한 붉은 돌들이 해변에 둘러싸여 철썩이는 하얀 거품을 내뿜을 때 우린 메마른 목젖이 고갈되어 하얀 백태만 끼어 있었다.

호기심은 그때나 지금이나 마찬가지여서 그 갈증을 해소한다며 한밤중 몰래 몇몇이 으슥한 갯바위로 나가 소주병을 돌려가며 마셔 댔다. 하지만 오히려 목이 타들며 갈증만 더 일어 취기에 혼미해 있을 때, 때마침 구세주이듯 하늘에서 빗방울이 뚝뚝 떨어졌다.

그때 그 빗방울은 그냥 물이 아니었다. 외딴 섬에서 만큼은 절대적인 생명수였다. 바다 염수가 증발하면서 환생된 새 생명수를 정신없이 받아 마시던 그 기억이 아직도 선하다.

옛 생각을 잠시 회상하면서 산재한 쓰레기를 일일이 정리한 후 빈 페트병이며 병과 캔 등 분리수거를 막 끝내는데 아침부터 몰려 있던 먹구름에서 빗방울이 쏟질 않고 그때 그 생명수처럼 방울방울 떨어져 내렸다.

그 빗방울은 다 타다 남은 나뭇잎 재에도 떨어졌다. 뚝뚝 떨어질 때마다 희뿌연 재가루가 튀어 올라 그중 아주 가벼워진 재는 힘없이 바람에 휩쓸려 어디론가로 날아갔다.

그러나 아직도 제 몸 비중을 지탱하고 있는 묵직한 재는 빗방울에도 꿈쩍 않고 오히려 빗방울을 한 입에 받아머금자 수분이 퍼져 가면서 이내 형체도 없는 시커먼 뼈마디가 녹아 흙에 스며들었다.

언젠가 내 사랑하는 사람들을 하나하나 그렇게 보내며 한없이 울었듯이 그 마지막 모습을 물끄러미 바라보면서 회상에 젖어 있을 때 최근 부동산업으로 전업한 사촌형이 주택업자인 하우징회사 박 사장을 대동하여 찾아왔다. 그 사장은 전에 사촌 소개로 한 번 본 적이 있어 금방 알아볼 수 있었다.

"뭐, 태웠어?"

"예! 나뭇잎요. 좀 구질해 보여서요."

"흠흠!"

"안녕하세요?"

사촌과 이야기하던 중 뒤에 있던 하우징 박 사장이 앞으로 툭 나서면서 정중하게 인사를 해 왔다.

"어서 오세요!"

사촌을 의식해 나 역시 정중하게 인사를 했다.

"낙엽 타는 냄새가 화장 냄새와 같아 아주 불결해."

사촌이 콧가를 맴도는 나뭇잎 탄내를 손바닥으로 거듭 부채질하면서 인상을 찌푸렸다.

"전, 숙성된 나무향이 배어나는 게 아주 좋던데."

"누가 제 식구가 아니라 할까 봐 또 챙기는군. 하긴 제 자식이라면 썩은 시체일지언정 어느 부모든 끌어안을 수도 있겠지."

"뭔, 의미심장한 말씀을 그리하세요?"

"뭐긴 뭐야? 자네가 여길 고집부리니까 그런 거지."

사촌이 농원을 재개발하자고 계속 부추기는 걸 내가 번번이 싫다고 했다. 아니 절대 그럴 수 없다고 단호하게 거절했다. 하지만 사촌은 포기하지 않고 재차 부채질을 해댔다.

"바쁘시더라도 잠시 설명 좀 들어 봐 주시죠!"

"또, 뭔데요?"

"예! 하우징에 관한 새로운 정보입니다."

예전에도 들어 본 적이 있어 그리 새로울 게 없는데도

박 사장은 야심에 찬 눈총으로 내게 다가와 각종 자료가 들어 있는 바인더를 펼쳐 보이면서 아주 집요하게 설명을 해 왔다. 박 사장의 하우징회사는 전속모델인 유명 연예인 덕택에 인지도가 꽤 높았다.

"대체 설명하고자 하는 주 포인트가 뭡니까?"

어쨌든 내가 탐탁지 않게 여겼던 터라 퉁명스럽게 물었다. 그것도 단호하게 거절하고 싶었지만 사촌형의 체면을 의식해서 관심을 좀 두었을 뿐이다.

"요번, 국제건축박람회에서 저희 회사가 대상을 받았습니다."

"아! 그래요? 축하드립니다."

"하하! 이렇게 축하까지 받으니 영광입니다. 여기 농원 정취와 비교하면 저희 출품작이 좀 쑥스럽습니다만……"

"원, 별말씀을 다 하십니다. 뭔가 그럴만한 능력이 있으시니까 받은 거겠죠."

"어! 다름 아니라 농원 전체를 허물고 다시 지었으면 어떨까 해서요."

"예? 다시 짓는다고요?"

"그래! 너무 낡았잖아. 이러다가 아예 영업도 못하면 어쩌려고?"

박 사장의 말에 내가 놀라는 표정을 짓자 사촌이 불쑥

끼어들더니 박 사장 제안에 선뜻 동조를 가세했다.

"지금은 자금상 엄두를 낼 수 없는 데요."

"그런 문제는 전혀 개의치 마세요. 저희들이 다 알아서 해 드립니다."

사실은 돈 때문이 아니었다. 마음을 묻고 열정을 바쳐 온 내 삶의 전부인 이곳을 하루아침에 갈아엎는다는 것은 설사 꿈일지언정 생각조차 하고 싶지 않았다.

그런 마음을 굳이 내색하고 싶지 않아 그간 자금 핑계를 댄 것뿐인데 사촌과 박 사장이 그 문제를 해결할 대안을 새로이 가져온 모양이다.

"무슨 좋은 방법이라도?"

"그럼요. 돈이야 분양해서 나중에 정산하면 되니까 아무 염려 마세요. 새 건물로 초현대식 시설을 만들어 드리겠습니다. 저희만 믿어 주시면 됩니다."

"거 봐! 아무 걱정할 거 없다 하잖아. 이번 기회에 큰맘 먹고 바꾸라고."

"예! 맞습니다. 초기 자금은 저희 회사에서 모두 부담하고요. 나중에 분양 대금으로 회수할 겁니다. 그리고 모든 업무를 신탁회사에 대행시키니까 사업 추진이나 금전 문제가 더욱 안전하죠."

"분양을 해요? 그럼 우린 뭐가 남는 건데요?"

"어차피 농원을 팔려고 내놓은 거 아닙니까? 누가 이 상태 대로 인수하려고 하겠어요? 설사 한데도 시설이 노후화되어서 제값 못 받아요. 새로 현대식 건물로 재건축하면 지금보다 몇 곱절 더 받을 수 있거든요. 사장님한테도 아주 좋은 조건입니다."

"누가 이 농원을 판다고 그럽디까? 설마 사촌형이?"

"내가 보기에 안쓰러워서 우리 박 사장님한테 특별히 부탁드렸네. 지금 이보다 더 좋은 대안은 없데."

언젠가 부동산 기획업자에 크게 놀아난 사촌이 이번엔 또 무슨 꿍꿍이속이 있는지 리조트 분양 사업을 한다며 동네방네 소문을 내고 다닌 모양이다. 말은 그럴싸하지만 사전 내 결정이 내려진 것은 아무것도 없는데도 마치 당장 계약이라도 해야 할 것처럼 다그쳐 왔다.

"요즘 부동산 시장이 활기를 되찾고 있어 아주 적기입니다. 이 기회를 편승하셔야 합니다."

"그래! 나만 믿고 당장 승낙해! 뒷일은 내가 잘 봐줄 테니 아무 걱정 말고. 알았지?"

"사촌! 농원을 팔 생각이 전혀 없거든. 두 번 다시 헛소문 내면 내 가만 안 있을 거야!"

"허 참! 지금 내가 자네 편이지 뭔 편이겠어? 다 자네 잘되라고 걱정되서 그러는 건데도 고맙다고는 못할망정 무슨 말이 그리 심해? 듣자 하니 좀 섭하구면……."

얼버무리는 사촌이 말까지 더듬대었지만 얼굴만큼은 진심을 못 알아준다고 붉으락푸르락했다.

아무리 꿍꿍이속이 있다 할지라도 그래도 사촌지간인데 걱정해 주는 건 사실 고맙긴 했다. 그러나 농원을 내놓을 생각은 추호도 없다. 그냥 놀리다가 썩어 문드러질지언정 농원에 파묻혀 살고 싶은 마음만이 간절했다.

돈이야 다 삶의 수단일 뿐 목적일 수는 없지 않은가. 내 의지가 뚜렷함을 재차 확인한 사촌도 박 사장도 더는 권유를 하지 못하고 이리저리 농원만을 훑어보더니 아쉬움을 표하며 다시 돌아갔다.

사촌이 돌아간 후 양지바른 벤치에 잠시 앉아 있는데 선화가 내내 듣고 있었던지 조용히 커피 잔을 건네 왔다. 보드라운 손길이 스쳐 가면서 따뜻한 온기가 온몸을 덥혀 주었다.

"아까 전화 왔었어."

"누가?"

"그 유명하신 친구 분 있잖아."

"친구?"

친구라 했지만 언뜻 누구인지 분간이 안 들어 선화에게 재차 되물었다.

"거 붓글씨 잘 쓰는 분, 전에도 한 번 다녀갔었잖아."

"아! 서예 문인 최 감사?"

"맞아! 저녁 먹으러 온데."

"혼자서?"

"아마 식구끼리라고 하던 거 같은데……."

"그럼, 서너 명은 되겠네."

"술안주로 뭐가 좋을까?"

"거, 지난번 스승님이 선물로 가져온 한약재 있지?"

"아! 있어."

"흑돼지 넣고 한약재에 묵은 된장도 풀어 같이 푹 삶아 내. 참! 두부 좀 있나?"

"뒤 모 남은 거 같아."

"그럼! 두부를 뜨거운 물에 데쳐 묵은지랑 내주고. 그거면 소주 한 박스라도 안주 삼을 수 있을 거야."

"어! 알았어."

사촌 때문에 마음이 싱숭생숭하고 있었는데 친구인 최 감사가 방문한다 하자 금세 마음이 풀어졌다.

최 감사는 서예에 조예가 깊어 각종 대회에서 대상을 여러 번 받았었고 또 연구실을 운영하면서 여러 제자들을 거닐고 있다. 최근엔 서도회로부터 감사로 위촉받았다.

그런 최 감사는 마음이 훈훈했다. 무슨 이야기를 나누

던 감칠맛이 났고 세속에 아직 때 묻지 않은 순순함이 가
득 차 있다. 술잔이라도 주고받으면 울적하던 마음이 싹
가실 것만 같았다.

그렇다고 아무리 흠 없는 친구라 해도 너무 위축된 마
음을 내보이긴 싫었다. 그래서 술안주를 푸짐하게 마련
키로 했다. 풍요함을 보면 내 울적하던 마음도 가려지지
않을까 해서였다.

그러나 최 감사 일행은 저녁 무렵에 오지 않았다. 새로
급한 일이 생겨 둘러서 오려면 시간이 꽤나 늦어질 거라
는 연락이 왔다. 내가 아무리 늦어도 좋으니 꼭 오라고
간곡히 부탁하자 알겠노라고 말했다.

그날 최 감사가 온 것은 아주 늦어진 밤중이었다. 승용
차 한 대가 어둠을 가르며 헤드라이트를 비춰 왔다. 단박
에 최 감사임을 알았다. 일행을 어디에 두었는지 단신 홀
로 왔다.

"친구야! 그간 잘 있었나?"

"야! 너무 반갑네. 그래! 자주 좀 내려오지 그랬어?"

"사는 게 어디 내 맘대로인가? 여기저기 눈치 보며 살
려니 어쩔 수 없는 거지. 여기 달려오고 싶은 마음이야
항상 굴뚝 같았지만!"

"하하하!"

"허허허!"

마음을 통할 수 있는 친구 사이라서 그 웃음소리는 한층 더 밝았다. 더욱이 밤중이라 그 웃음소리는 농원 전체를 싸돌고도 남았다.

"풍기는 외모가 확 달라진 것을 보니 인품이 아주 수려해 보이는걸!"

"문인이란 게 외모적으로도 인품이 없어 보이면 한수 접어진다네. 특히 감투를 쓰고부턴 더 심해 몸치장 관리도 신경이 써지더군."

"나야 야전에서 지내니까 잘 보일 게 뭐 있겠어? 자넨 강의나 행사에 초청도 많이 받을 테니 의당 그래야겠지."

"다, 겉치레지만 그렇다고 무시할 수도 없는 일이니 그때그때 상황에 대처하는 수밖에……."

"자! 한 잔 받게!"

"오! 그래! 이거 뭘 많이 준비했어?"

"자네가 온다는데 어찌 대접을 소홀히 할 수 있겠나. 식구들이랑 같이 왔으면 더 좋았을 텐데."

"갑자기 처가 급한 일이 생겼나 봐. 아마 운전 때문에 있다가 데리러 올 거야. 내 술 먹을 거란 걸 알고 있거든."

"그럼 잘 됐네. 우리 오늘 취해 보세."

최 감사와 난 잔을 거듭 부딪치며 또 선화가 미리 준비해 둔 술안주를 게걸스럽게 먹어 가면서 화기애애한 대화를 나누었다. 친구는 시간에 쫓겼는지 저녁을 제대로 먹은 거 같지 않아 보였다. 나 역시 친구 생각에 일부러 저녁을 거른 상태였다.

"자네, 사업은 어때?"

"그럭저럭 꾸려 가고 있어."

"얼굴에 수심이 많아 보이는데?"

"그래? 그렇게 쓰여 있나?"

"그런 건 아니지만 내 붓글을 쓰다 보니까 이따금 통찰력이 생기더군."

"하하! 도사가 다 됐군!"

"허허! 그러게 말이야."

"그 잘난 글 좀 하나 써 주지?"

"그럴까?"

"근데 붓과 먹이 없어 서운하군."

"허허! 걱정 말게. 난 차에 항상 싣고 다니네. 갑자기 시상이 떠오르거나 또 지금같이 갑자기 시범을 보일 때가 간혹 생기거든. 그래서 아예 도구를 차에 실어 뒀네."

"준비성은 예나 지금이나 철저하군. 놀랐어!"

"다, 살면서 터득한 것이지. 내가 원래 털털한 거 자네도 잘 알잖은가?"

"하하! 역시 자넨 문인이라 생각하는 게 뭔가 달라도 달라."

"제각기 특색이 있어야 유별나지. 남들과 똑같다면 굳이 새로운 인물이 뭐 필요하겠어? 자신만의 색깔과 독창성이 있어야만 살아남는 세상이라네."

"내 한수 배우네."

"학생 땐 자네가 나보다 성적이 좀 나았던 거 같은데?"

"그걸 다 기억하고 있구나!"

"야야! 내가 널 따라잡으려고 네 사진을 책상에 걸어 놓고 공부한 거 알아? 졸릴 때마다 네 사진을 보며 이를 악물었지."

"하하! 정말?"

"내가 왜 없는 말 꺼내겠어."

"하지만 행복은 성적순이 아니라잖은가? 내 사회 나오자마자 여기서 여태 맴돌다 보니 감각이 아주 무뎌졌어. 꾸준히 노력하는 자만이 진정한 행복을 가질 자격이 있다는데 요즘 내가 도태되는 무기력감이 돌고 있네만."

"그건 변화가 없기 때문이야."

"변화라니 어떤?"

"옛날 어느 영부인이 남편 집무실을 수시로 바꾸어 줬

다네. 비록 같은 공간에 똑같은 집기였지만 어떻게 배열 시키느냐에 따라 보는 관점이 달랐던 거야. 매번 창조적 인 감각과 혁신적인 변화를 줌으로써 대중으로부터 식지 않는 열렬한 지지를 받았다는구만. 자네도 여기서 한길 만 의존해 더욱이 노후화된 시설에 아무런 변화도 주지 않고 있다는 것은 시대의 흐름을 제대로 읽지 못하고 있 는 것으로 보이네. 그게 바로 요즘 말로 진보 성향이 없 다는 걸세."

"……."

친구로부터 위안을 받으려다가 도리어 지적을 받곤 잠 시 난 아무 말도 할 수 없었다. 정말 내가 진보 성향이 없 는 걸까? 고집을 잘못 부리고 있는 걸까? 의구심이 들기 시작했다.

그간 내가 중요시하며 꿋꿋이 버텨 왔던 정신적 지주 인 열정이 한시에 무너지는 것만 같았다. 마음을 묻고 마 음으로 살아온 지난날이 허탈해 보였다. 순간 내 손때가 생생히 묻어 있는 농원이 날 볼모로 잡아 둔 것만 같아 회의감이 휘몰아쳐 왔다.

그깟 나무며 꽃이며 또 돌과 흙이며 내가 떠나면 그만 이지 뭐가 더 필요하고 무슨 미련이 더 남아 있을까? 또 다시 숨이 턱 막혀 왔다.

　마침 친구 부인이 와서 만취한 몸을 제대로 가누지 못하는 친구를 차에 태우고 나선 곧바로 농원을 떠났다.

　친구마저 떠난 농원은 적막감만 맴돌았다. 문득 산천은 유구한데 인걸은 간데없다는 시구가 떠올랐다. 내 마음과 생각은 아직도 농원이 맨 처음 문을 열었을 때와 조금도 변한 게 없다고 여기고 있는데 그 북적거리던 고객들은 다 어디로 갔단 말인가.

　나는 한동안 멍한 채 빈틈없이 빽빽이 자리한 별밤만 올려다보고 있었다. 한낮이면 휑하던 하늘이 밤만 되면 왜 저리도 꽉 들어차 보일까? 나는 왜 외로운 밤을 떨쳐내지 못하고 함께 살아온 걸까? 사람들은 정말 낮에만 사는 걸까? 내가 별밤과 살아온 게 정말 헛된 세월인가?

　알콜에 절은 '우공이산' 이란 까만 붓글만 하나 뎅그렁 남겨 놓고 떠난 친구만큼이나 나 역시 만취한 상태여서 머문 자리가 침실인지 식당인지 구별할 필요도 없이 오직 별밤이 훤히 올려다보이는 창가에 고개만을 삐죽 내밀곤 나도 모르게 깊은 잠에 취해 버렸다.

동박새

성읍에서 성산 가는 큰 도로에서 농원으로 들어서는 입구에 자투리땅이 하나 있었다. 면적이 협소하고 용도가 마땅찮아 그간 방치해 두었었는데 그곳에 꽃동산을 조성하여 새 간판을 큼직한 걸로 설치키로 했다.

영주산 뒷편으로 저수지 조성공사 현장에서 파낸 검은 토사를 여러 차나 반입해와 미니 굴삭기로 흙을 돋우었다. 그 위에 정원 후미진 곳에서 떠온 뗏장을 덮고 동백나무 묘목을 사방으로 심어 두었다.

그런 다음 네모나게 다듬어진 화산석으로 테두리를 둘러 세워 마무리를 지은 후, 맨 꼭지에 '관광농원(리조트)'이란 LED 간판을 설치하고 점등식을 가졌다. '관광농원' 곁에 '리조트' 란 외래어를 덧붙여 두자 빨강 노랑

파랑 삼원색이 어우러진 발광다이오드에 매료되어 동산과 간판이 한층 돋보였다.

그 간판을 설치한 지 며칠 지나지 않아 제주 스포츠에이전트사 대표인 신 사장으로부터 전화가 걸려 왔다.

"어젯밤 그곳을 지나치는데 간판이 아주 돋보이더군요. 새로 신장개업이라도 하신 건가요?"

"하하! 맞습니다. 그런 격입니다."

"그런 격이라니 그게 무슨 말씀입니까?"

"새로운 각오로 고객을 맞이하기로 했답니다. 제 식구나 제 가족처럼 편안히 머물다 가시도록 최선을 다해 모시겠다는 뜻이죠. 앞으로 많이 사랑해 주시고 애용해 주시면 감사하겠습니다."

"아! 그러시군요."

그 스포츠에이전트회사는 한때 우리 농원 최대 거래처였었다. 그러던 게 어느 날부턴가 리베이트 유혹을 받아 송이채 동백꽃이 떨어지듯 거래가 뚝 끊겼었다. 그러나 요즘 들어 여행 대행업 제도와 관광객 인식이 확 바뀌는 통에 보다 적합한 수용 시설 제공만이 그들 역시 상생하는 유일한 길이었다.

비록 우리 농원 건물이 노후화되긴 했어도 단체 여행객에는 특히 각종 스포츠 행사나 동호회와 같은 모임에는 최적의 조건을 두루 갖추고 있었다.

넓은 휴식 공간과 주차장 또 캠프파이어와 바비큐장과 노래 반주기 등 야외 행사장까지 완비되어 있었던 것이다. 현대식 펜션들이 우후죽순으로 많아졌지만 우리 농원만한 공간과 야외 시설이 겸비된 곳은 그리 흔치 않았다. 다들 잠자는 숙소 내부 공간만 좀 더 화려했을 뿐이다.

"미리 예약 좀 해도 되겠죠?"

"그럼요. 저흰 언제나 편히 모실 준비가 되어 있답니다. 말씀만 해 주세요."

지난 일이 좀 꺼림칙한 모양인지 신 대표의 말이 조심스러웠지만 난 아무런 내색도 하지 않았다. 오직 다시 찾아 준 데에 대해서 감사만 표했다.

"서귀포시가 올레와 연계하여 자전거 명품도시로 거듭났잖아요?"

"아! 저도 알고 있어요."

"그걸 기념하기 위해 돌아오는 정초부터 국제 사이클 동호회원들 초청 행사가 매주 연이어 개최되거든요. 아마 주마다 이백 명 정도가 참가하게 될 겁니다. 총 규모는 연간 만여 명이나 되는데 저희 회사가 모든 주관을 맡았답니다. 그 정도 규모면 괜찮겠죠?"

"괜찮다마다요. 대박입니다. 이리 찾아 주시어 뭐라 감사드려야 할지 모르겠군요."

"앞으로 잘해 보시죠. 저희도 행사 유치에 총력을 다할 셈입니다."

"신 대표님께 거듭 감사드리고요. 손님맞이에 차질 없도록 만전을 기하겠습니다."

"그래요! 지난 일은 서운하셔도 다 잊으시고 언제 술 한 잔 나누시죠?"

"하하! 마음에 둔 거 하나도 없어요, 항상 감사하는 마음뿐이라 의당 제가 대접해 올리겠습니다."

"허허! 그리 생각해 주시니 고맙습니다. 그럼, 그때 뵙겠습니다."

"예! 그럼!"

신 대표의 전화를 받고 나선 옛 생각에 감회가 새로워져 한동안 꿈쩍을 않았다. 프런트 창문 너머로 잠시 동백나무들을 내다보는데 어느새 찬바람이 더욱 드세어지면서 가지들마다 꽃망울이 여기저기서 봉긋봉긋 용솟음치려는 눈치들이 엿보였다.

커피를 타곤 책상에 두 다리를 꼬아 올려놓은 채 커피를 마셔 가며 잠시 고민에 빠졌다. 이참에 내부 시설까지 대수선을 할까 하는 생각이 미쳤던 것이다.

그렇다고 덥석 일만 벌려 놓곤 수습이라도 못하는 날

에는 그것도 큰 낭패가 아닐 수 없어 생각에 생각이 꼬리를 물어 쉬이 결론을 낼 수 없었다.

그렇게 고민하고 있던 중 한동안 연락이 뜸하던 사촌형으로부터 전화가 걸려 왔다.

"왜, 요즘 연락이 뜸합니까? 뭐 좋은 일이라도 생겼어요?"

"정말 내 걱정했단 말이지? 오늘 해가 거꾸로 솟았나?"

"하하! 왜 그러세요? 쑥스럽게."

"별일 없지?"

"저한테 무슨 일이 있겠어요? 근데 어쩐 일이십니까?"

"거 말여, 내 새로 대리점을 오픈했는데. 아우에게 소개 하나 하려구."

"또, 뭘 차렸는데요?"

사촌형이 하는 일이 수시로 업종이 바뀌는 통에 대체 본업이 무엇인지 종잡을 수 없었다. 무슨 정례 행사처럼 업종이 바뀔 때마다 전화가 걸려 와 세상에서 최고처럼 닦달하는 바람에 이젠 그러려니 하고 있다. 그리 궁금한 것은 없지만 그래도 사촌 간인지라 인사치레인 셈치고 설명을 들어주고 간혹 되물어 보기도 했다.

"숙소에 지금 기름보일러 때지?"

"예! 맞아요."

"기름 값이 너무 비싸 난방비 부담이 클 텐데?"

"어쩔 수 없잖아요. 영업하려면 그 정도는 각오해야죠."

"내가 새로 대리점 하는 게 바로 그 특허품이란 거야! 전기필름 난방으로 교체하면 그 문젠 한 방에 다 해결된다고."

"전기로요?"

"그래! 열효율이 아주 좋아 기름보다 훨씬 비용이 절감되고 각 방마다 적외선과 음이온도 풍부해 아주 쾌적감을 느끼게 한다니까. 당장 바꾸라고, 내 비용은 후불로 정산할 테니까, 알았지?"

"……?"

"어허! 이번만은 내 말을 들으라고 절대 후회하지 않는다니까?"

"비용이 얼마나 드는데요?"

"돈 걱정 말아! 이번 시공 사례로 선전 효과도 누릴 셈이니까. 아우한텐 내 특별히 원가로 해 줄게."

"하하! 형님도 참……."

엉겁결에 사촌형의 제안을 받아 생각해 보았는데 타당성이 있어 보였다. 왜냐면 매번 기름 값으로 경비 지출이 너무 과다했다. 중앙난방이라 겨울철 내내 틀어 놓다시

피 하여야 하는데 내색은 않았지만 대책이 시급했던 것은 사실이다.

더욱이 시범 사례로 원가에 시공해 주겠다는데 굳이 마다할 이유가 없었다. 혹시라도 사촌 마음이 변할지도 몰라 쇠뿔도 당긴 김에 빼라고 곧바로 사촌형에게 전화를 걸어 하루라도 빨리 교체시켜 달라고 부탁했다.

그러자 갑자기 일 욕심이 생겨났다. 이왕지사 벌인 김에 헐고 낡은 가구와 침구들도 모두 새 걸로 바꿔 놓고 싶어진 것이다. 한 번 마음먹었을 때 일을 벌여야지 나중에 또 다음에 한답시고 시기를 놓쳐선 그때가 언제 될지 장담을 못한다. 다시 마음먹고 결심하기까진 상당한 고민과 부담이 뒤따를 것이 뻔했다.

일시적 비용 부담이 없었던 건 아니지만 금전 문제를 생각보다 쉽게 떨어 낸 것은 농원 소식을 전해 들은 김 회장이 때마침 분쟁에 승소하면서 되찾은 재산 중 일부 자금을 떼어 선뜻 내어 준 것이다.

그냥 내어 주기가 뭐했던지 농원 평생 VIP회원으로서 투자한 것이라며 부담감을 덜어 주었다. 이에 힘입어 농원 대수선에 박차를 가할 수 있었다.

원래는 입구 간판만 새로 바꿔 놓을 셈이었는데 이게 일이 하나하나 커지면서 결국 내부 수리 전체로 확대되었다.

농원 식구로 새로 합세한 오 씨가 공사 현장 경험이 다분한 관계로 인부 여럿을 데리고 전기 난방 설치는 물론 침구와 가구 등 시설물 교체와 벽 도배 그리고 각종 전기선과 통신선 설치까지 진두지휘를 맡아 총감독을 하기로 했다.

선화는 주방장과 함께 새로 리모델링한 식당과 주방을 도맡아 낡아졌거나 흠집이 난 식탁과 주방용품들을 죄다 버리고 새것으로 교체시켰다.

난 새로 충원한 젊은 이 실장과 인부 하나를 데리고 외부를 맡아 사방에 산재해 있는 오물이며 쓰레기며 재활용품들을 리어카로 말끔히 반출해 낸 다음, 여러 조명 시설과 조경물을 교체하거나 재배치하여 대수선에 걸맞게 한층 업그레이드된 분위기를 자아 내도록 했다.

그리곤 인터넷 홈페이지를 재구축하여 관광 정보와 농원 홍보를 더욱 강화시켜 예약 접수를 자동으로 처리토록 했고 그동안 다녀간 고객 정보를 일일이 입력하여 모두 정회원으로 전산 관리토록 했다.

그렇게 꼬박 보름에 걸쳐 대수선을 하고 나자 눈이 내렸다. 연일 폭설이어서 온 세상을 하얗게 덮었다. 지붕에도 정원에도 온갖 나무들에도 또 영주산에도 하얀 눈이 소복소복 쌓였다. 눈 덮인 농원은 외형상으로 보기엔 소란스럽게 떤 대수선을 하기 전후가 조금도 식별되거나 분별되지 않았다.

언제나 같은 곳 같은 장소에 머물러 있는 농원은 대수선과는 무관하게 어제나 오늘이나 같은 모습을 내비치고 있었다. 농원을 둘러싸고 있는 늘 푸른 동백나무가 하얗게 쌓인 눈을 헤쳐 가며 여기저기서 꽃망울을 붉게 맺어 가고 있는 것이 더욱 눈에 띄일 뿐이었다.

그러나 아무리 많은 눈이 쌓일지라도 이 겨울이 지나면 반드시 눈이 녹을 것이며 대지도 다시 움틀 것이다. 그러면 우리 농원도 새롭게 변신된 모습을 확연히 드러낼 것이며 이에 화려한 봄꽃 축제를 열고 열정을 불태워 준 고마운 이들을 모두 초청하여 옛 명성을 반드시 되찾아 오리라. 그때를 위해 한겨울 눈보라 속에서도 붉은 동백꽃들이 활짝 피어 우리 농원을 지켜 줄 것이다.

새로 설치한 전기 난방으로 뜨끈해진 방에 다들 모여 제각기 널브러져선 화산토를 먹고 자란 삶은 감자에다가 청정수에 월동무가 베어난 시원한 동치미를 곁들여 먹으면서 그간 고마웠거나 우리 농원을 다녀간 고객들에게 보낼 '송구영신' 연하장을 일일이 만들었다.

그 연하장을 모두 봉고차에 싣고 선화와 함께 표선우

체국으로 가져가 발송을 하고 나선 다시 성읍으로 돌아오는데 날이 금세 어두워지면서 하얀 세상 위로 까만 하늘에 빈 공간이 없을 만큼 꽉 들어찬 별들이 큰 축복이라도 내려주는 것처럼 평소보다 더 아름다운 빛으로 유난히 초롱초롱 댔다.

그때 성읍 영주산 자락 사방으로 퍼져 있던 LED 삼원색 발광다이오드가 화려한 모습으로 농원 입구를 한층 더 환희 밝혀 주었고 내 마음만큼이나 시린 긴 산고를 겪어 낸 붉은 동백꽃들이 불가분적 연모자인 동박새의 꽃가루 수정을 받아 더욱 농염하게 비쳐 댔다. 순간 내 마음 깊은 곳에서 불끈거리는 그 무언가가 용솟음쳐 왔다. 그건 분명 삶의 열정임에 틀림없었다.

농원 주차장에 봉고차를 세워 두고 숙소로 들어가려는데 선화가 달빛을 감싸안은 채 동백나무 우거진 숲으로 나를 이끌더니 듬직한 동백나무에 등을 기대곤 뜨겁고 달콤한 키스를 마구 퍼부어 왔다. 그 모습을 엿보던 동박새가 한밤중임에도 꽃가루를 수정하느라 바쁜지 아랑곳 않고 계속 찌이! 찌이! 지저대는 소리가 나뭇잎 사이로 우렁차게 들려왔다.

한라산에서 동으로 수령산 너머 표선 성읍에 우뚝 솟은 산이 하나 있다. 기생화산이자 삼신산의 하나인 영주산이다. 제주에서 몇 안 되는 명산으로 말발굽형인 분화구에 광활한 초원을 펼쳐 들고 있다.

그 초원에 방목된 소와 말의 채변이 듬성듬성 널려 있는 탐방로를 따라 능선을 거슬러 봉우리에 올라서면 광활한 북태평양을 막아서고 있는 위풍당당한 일출봉과 우도봉이 한눈에 들어선다.

발치 아래로 유서 깊은 민속마을이 조밀조밀하게, 삼달리엔 풍력발전기가 군단을 이루어 윙윙거리며, 그 사이로 승마장과 돌하르방과 초가집이 내다보이고, 길 건너편으로 천미천을 끼고 돌며 수령이 꽤나 듬직한 동백나무들로 무성하게 둘러싸인 널따란 농원이 하나 보인다.

바로 이 농원이 제주 최초의 펜션 격이다. 각종 꽃나무와 야자수로 가득 찬 푸른 정원이 병풍처럼 펼쳐 있고 감귤원과 사슴장에 산책로가 한데 어우러져 운치가 한층 돋보인다. 다만 여기저기 풍파에 패인 자국과 까칠해진 흔적들, 등이 굽어진 고목과 닳아진 화산석이 아주 오랜 세월을 거쳐 왔음을 짐작케 한다.

그간 이 농원을 다녀간 사람은 이루 헤아릴 수 없이 무수하다. 그 많은 사람들이 흩뿌리고 간 숱한 사연과 애환을 모두 다 제 가슴에 고이 간직하고 있는 동백나무들이 겨울만 되면 차가운 눈보라를 맞아 가면서도 붉은 꽃을 피워 놓는다.

그 꽃가루를 수정시키는 동박새와는 떼려야 뗄 수 없는 불가분적 연모 관계를 맺고 있다. 바로 그 연모는 지순한 사랑이자 애틋한 사랑, 또 고결한 사랑이다.

만약 어느 날 갑자기 누군가를 열렬히 사랑하던 열정이 눈 녹듯 사그라져 버린다면 그때 마음은 어떠할까. 아마 삶 자체가 쓸쓸하고 허망해질 것이다. 동백꽃과 동박새는 그걸 잘 알고 있기에 순수와 열정을 고이 간직하려 부단히 노력하며 산다.

1.

　정신적 신체적으로 민감한 사춘기에 경험한 이성과의 교감은 대부분 평생 잔존한다. 어설픈 불장난조차 뇌리 잔상에 오랫동안 남아 가끔은 고즈넉할 때마다 꺼내보곤 수줍어하기도 하고 또 민망스러워하기도 하며 이내 풋웃음을 짓기도 한다.

　그 젖내나는 애띤 감성을 세월이 흘러서도 쉬이 떨칠 수 없는 이유는 당초 감성에 순수와 열정이 꽉차 있었던 때문이다. 유년 시절엔 사소한 감성이나 풋사랑 하나에도 목숨을 내걸기도 했고 또 희비가 엇갈려 인생의 전환점이 되기도 했다.

　주인공이 첫사랑을 떠나보내고 그리움을 가슴에 묻어

둔 채 수만 년 전에 분출한 용암이 식어서 굳어진 검은 화산토에 사시사철 늘 푸름을 잃지 않는 동백나무를 심고 동백꽃을 피워 낸 것은 고결한 사랑은 결코 변질되지 않는다는 것을 믿고 있었던 때문이다.

2.

살다 보면 때론 은밀한 감성에 휩싸일 때가 있다. 그건 자신도 모르게 또 주체할 수 없이 어느 날 갑자기 슬며시 찾아왔다가 남모를 가슴 아픈 상처만을 남겨 놓고 훌쩍 떠나 버리는 아주 무책임하고 몹쓸 심보다.

본문에서 나오는 '같이' 란 말은 원래 함께, 더불어 또는 동행을 뜻하나 여기서는 순수를 의미한다. 주어진 배경과 표현 차이는 있겠지만 이를 빌미로 매번 유혹을 느낀다면 일상에 혼란이 일수도 있다.

전제 조건으로 첫사랑과의 닮은 눈을 내세워 둔 것은 오해 소지가 다분한 불순한 생각에 따른 사회적 면죄부를 주기 위한 사전 포석이다. 이는 이 소설의 주안점이기도 한 순수와 열정을 훼손시키지 않기 위함이었다.

자유연애라 해도 사회 통념상 누구를 좋아하고 사랑하는 것이 꼭 면책특권만은 아니다. 진정 좋아하고 사랑했다면 그에 수반하는 어떠한 결과든 책임질 줄도 알아야한다. 동백꽃 씨가 참고 또 참고 오랜 기다림 속에 싹이 돋는 이유가 바로 그 책임감 때문이다.

3.

겨우내 갖은 찬바람과 눈보라를 맞아 가며 붉게 꽃피우는 동백이나 화산토에서 한겨울 내내 노지 재배하는 월동무가 닮은꼴이 하나 있다. 그건 시린 산고 끝에 맺는 성숙함이 깃들어 있다는 사실이다.

사람도 마찬가지로 성숙하기 위해선 아픔을 수반한다. 바로 아픔 속에 성숙한다는 말은 사랑의 산고를 의미한다. 간접 경험으론 성취가 만만치 않다. 직접적인 산 체험 없인 파고드는 체감 지수가 빈약하다. 그 체험 도구 중 가장 적합한 게 바로 두 바퀴 사랑이다.

하나가 아닌 두 바퀴로 굴러 가는 삶, 그래야 스릴도 나고 재미도 있고 또 훨씬 수월하다. 그건 남과 여란 불가분적 연모 관계다. 앞뒤에서 서로 밀고 당겨 주는 진실한 믿음이야말로 행복의 필수 요건이다.

본문에서 우도 노인이 팔딱거리고 꿈틀대는 비린 맛을 놓지 않으려는 이유는 미식이나 허기짐이 아니라 삶의 열정을 꺼트리지 않기 위함이라 했다. 바로 그 두 바퀴의 힘에 삶의 열정이 차 있다. 페달을 밟으면 밟을수록 가속되어지는 게 사랑이다.

4.

동백꽃 설화를 보면 바다로 배 타고 나간 사랑하는 사람이 때가 지나도 돌아오지 않자 이를 애타게 기다리다가 쇠약하여 죽은 여자가 그 자리에서 다시 붉은 꽃으로 환생되었다고 한다.

사람은 누구나 한 번쯤 그와 같은 눈먼 사랑에 빠져 본 경험이 있다. 그게 비록 꿈일지라도 그 눈먼 동안 만큼은 누가 훼방하고 쪼아 대던 눈귀에 전혀 들어오지 않는다. 그만큼 사랑이 절대적이며 고귀하다는 뜻이다.

그러나 여기서 문제는 출구를 고려치 않은 깊은 사랑에 빠져 있다가 머지않아 닥쳐올지도 모를 그 절망감을 어떻게 다 감내할 수 있을까다.

스스로 그 속상함을 넘어 허탈감을 쉬이 견뎌 낼 자생력만 있다면 물론 상관없겠지만 과연 우리는 수렁에서 정말 쉽게 빠져나올 자신이 충분할까 의문이다. 그 때문에 누구든 사랑에 빠지기 앞서 두려워한다. 깨고 싶지 않

은 게 사랑이지만 영원할 수도 없는 것이 바로 사람 간의
만남이다.

5.

한 번 찾아온 인연이 굳어져 가는데는 시간을 필요로 한
다. 그 시간은 결코 헛된 시간이 아니다. 빗물에 땅이 굳
듯 믿음과 희생을 감수하는 시간이야말로 그 사랑을 성취
하였을 때보다 더욱 값지고 빛난다. 그 시간들은 진정 더
높고 더 튼튼하게 진정성을 쌓아 가는 성숙 과정이다.

그렇게 오랜 기다림에 숙성되어진 사랑은 아름다운 믿
음이 효소처럼 발효되어 순수가 맛깔스럽게 절여진다. 천
혜의 섬 제주엔 그 발효된 사랑이 한껏 깃들어 있다. 본문
에서 동백꽃 사랑을 갈망한 이유는 바로 그 발효 효소가
듬뿍 담겨진 사랑의 열정을 뒤늦게나마 깨달은 것이다.

6.

삶이든 사랑이든 때론 치장이 필요할 때가 있다. 너무
화려해서도 안 되지만 너무 고즈넉해서도 지루하다. 더
욱이 현실을 도외시한 치장이 아니라 제 분수에 맞는 분
장을 말한다.

날로 새로운 문화와 조화가 유행하는데 언제까지나 고리타분하게 명분만을 내세울 수는 없지 않겠는가. 그건 곧 현실에 안주하여 타성에 젖는 것도 바람직하지 않다는 말이다.

권태가 들어 의욕이 사그러질 때면 이상하리만큼 장점보다는 단점과 흠이 더욱 눈에 띄게 마련이다. 바로 이때가 애정을 가꾸고 치장해 줘야 할 단계다. 설마하며 때를 놓치거나 수수방관하다간 뜻하지 않은 변심을 당할 수도 있다. 바로 이 문제가 사랑을 지속하고 결속시키는 큰 분수령이다. 인생이 짧다고들 하면서도 그새를 참지 못하는 게 또한 사랑이기도 하다.

7.

실수란 인간이 신이 아니기 때문에 일어나는 것이며 이는 곧 인간이 미완성의 존재임을 대변해 준다. 가장 인간적일 때가 바로 실수를 범할 때라 했다. 실수가 없는 사람은 감정이 메마른 로봇일 뿐이다.

그러나 도를 넘거나 분수를 모르는 실수 또는 상황이나 배려를 무시한 실수는 더는 실수가 아니라 과오다. 특히 요즘같이 각박한 시기엔 작은 실수가 커다란 과오로 변해 다시금 씻을 수 없는 죄로 둔갑하기 쉽상이다.

흔히들 합리화를 내세워 사랑엔 나이도 국경도 없다고들 말하지만 그건 보편적이고 일반적인 사회적 지지와 축복을 받는 경우를 이르는 것이지 시도 때도 없이 앞뒤 가리지 않는 폭력 쟁취는 사랑을 빙자하여 오용한 것이며 영혼의 진정성을 모독한 것이다.

8.

인생을 함께할 동반자를 믿고 따르기 위해선 진정성을 먼저 확인해야만 한다. 만약 진실한 마음이 부족하거나 보이지 않는다면 믿음이 설 때까지 참고 기다릴 필요가 있다. 경우에 따라선 믿음이 없어도 정들다 보면 사랑이 깃드는 경우가 있겠지만 그러나 회의에 쉬이 노출되어 버린다.

상대에 따라 그리 중요하지 않을 수도 있겠지만 그 진정성을 외형이나마 꼭 표현해 주기를 바란 것은 선언적 의미가 함축되어 있다. 그건 언젠가는 닥쳐올 이별이란 큰 아픔과 성숙을 들춰 나가기 위한 초석이 절대적으로 필요했던 것이다.

내적인 사람들은 굳이 그걸 말해야 알겠냐며 은근슬쩍

묵시적으로 덮어 가려 한다. 그러나 외적인 사람은 선언적 표현을 아주 중요시하여 마음을 내줄지 말지 판단의 척도로 삼는다. 겉과 속이 무서우리만큼 다른 게 사랑이기에 이를 의심하고 또 의심할 수밖에 없다.

9.

우리가 사는 동안 필연이듯 부닥치는 인생의 재해가 일기예보처럼 사전 인지한 상태에서 일어나면 얼마나 좋으련만 불행하게도 인간은 만물의 영장이면서도 그럴만한 예지 능력이 없다. 그런 불행이 어느 날 갑자기 자신도 모르게 어디서 왜 무엇 때문에 찾아든 연유도 알 수 없게끔 순식간에 벌여 놓곤 우리더러 알아서 뒷수습하라며 모른 체한다.

그런 불행이 한 번 찾아들면 참혹하기 그지없다. 너무 잔인해서 감당할 능력이 안 되어 그저 멍한 채 주저앉아 버리는 경우가 허다하다. 동백이 제 꽃을 지울 때 한 잎 두 잎씩이 아니라 아예 송이채 과감히 떨궈 버린다. 그걸 두고 사람들은 동백나무가 잔인하다고 말한다. 그러나 동백나무는 제 꽃을 버릴 때를 알고 있다. 더욱이 아픔만큼 더 단단하게 성장하게 됨을 믿고 있었다는 놀라운 사실이다. 우리가 본받고 새겨야 할 점이다.

10.

한겨울에 갖은 눈보라를 맞아 가며 역경 속에 피어난 동백꽃이 왜 하필이면 만물이 화창하게 역동하는 봄날에 송이채 뚝 떨어지겠는가. 그건 너무 지순한 연모 때문이다. 우리 인생사에도 가장 행복해야 할 시기에 뜻하지 않게 뼈아픈 사별을 경험하게 된다. 그때 가장 소중했던 게 무어냐고 묻는다면 그것은 권력이나 재물이 아니라 더욱이 명예도 아닌 분명 사랑하는 사람일 게다.

본문에서도 정년 퇴임한 스승님이 명예를 잃는 수모보다 사랑을 잃는 아픔을 참고 견뎌 내기가 더욱 힘들다고 증언했듯이 비로소 진정한 삶의 동반자는 사랑하는 사람임에는 의심의 여지가 없다.

그럼에도 사람은 살면서 대부분 이 사실을 잊고 산다. 그러다가 어느 날 갑자기 자신도 모르는 사이에 사랑이 동백꽃 떨어지듯 통째 뚝 떨어져 나간 빈자리를 목격하고 나서야 뒤늦게 깨닫는다. 그러나 그때는 이미 사랑하는 사람이 떠난 후다. 통곡한들 무슨 소용이 있겠는가. 평소 간과하던 통속적인 말로 있을 때 잘하란 충언이 더욱 의미심장하게 새겨진다.

11.

인연의 근간에 만약 진정성이 내재하지 않는다면 그건 단지 모래성일 뿐이다. 사랑을 맺기 전에 서로를 미치도록 또 죽도록 아껴 줄 각오를 해야 한다. 과거 우리 선조들은 얼굴조차 생면부지인 채 혼사를 치렀다. 그렇다고 잘못되거나 탈이 난 경우는 극히 드물다. 그건 폐쇄적인 시대였기에 가능했다.

그러나 지금은 시대가 변하고 사고와 주관 개념이 뚜렷하다. 만약 희생할 각오가 부족하다면 인생을 살아가면서 부닥치고 겪어 내야 할 숱한 갈등과 역경에 쉬이 흔들리기 십상이다. 어떻게 그 난관을 다 헤쳐 나가겠으며 누가 먼저 일방적으로 희생하려 들겠는가.

결국 인생을 값지고 뜻깊게 만드는 원동력이 사랑의 힘임에는 틀림이 없다. 그 애정 지수에 비례하여 곧 행복 지수를 엮어 가는 척도가 된다. 그 힘이야말로 우리가 살아가는 동안 존중되고 꼭 지켜 내야 할 소중한 자산임을 명심해야 한다. 사람 나고 돈 났지 결코 돈 나고 사람 난 것은 아니다.

12.

한 번 설정한 목표를 쟁취하는 방법은 여러 가지 수가 있다. 그 정상에 등정하는 길이 여러 갈래란 말이 아니라 그 수단을 이른다.

쉬이만 생각하여 헬기를 타고 단박에 정상에 닿을 수도 있다. 그러나 그것은 오르는 게 아니다. 그건 엄밀히 말해 내리는 거다. 바로 헬기에서 두 발을 내려서야만 정상을 디딜 수가 있다는 말이다. 말이 어설플지는 모르겠지만 자세히 따져 본다면 그게 그리 어설픈 말로만 넘길 게 아니다.

우리는 설정된 정상을 오르기 위해 부단히 노력한다. 굴욕도 참고 굶주림도 견뎌 가며 때론 사고를 겪어 가면서 오로지 정상을 향해 한 걸음 한 걸음씩 나아간다. 여기서 우리는 좌절에 응원을 받기도 하고 성취에 환호를 지르기도 한다. 그것만이 올바른 깨달음을 얻는 길이며 한 걸음씩 내딛으며 산에 올라서야 할 진정한 이유다.

자신의 인생에 있어서만큼은 절대적인 시간과 발자취가 생생이 서려 있는 아픔이야말로 사람이 진정 사람다워지는 최고의 선물이다. 그 선물에 순수와 열정이 가득 배어 있다. 마음을 묻고 마음 하나로 버텨 온 아픔 속에 피어진 꽃은 더는 고난이 아니라 환희다. 어느 누구도 침범할 수 없이 자신만이 누릴 수 있는 권리이며 어느 누구도 흉내 낼 수 없는 생생한 기억이기에 평생 훈장이듯 가슴에 달아 놓고 자랑스럽게 여길 수 있다.

13.

가끔은 삶을 망설이는 때가 있다. 그건 불확실성이다. 주어진 현실을 앞서거나 뒤쳐져서 판단하고 결정할 수 없는 게 바로 미래란 거다. 확실한 믿음만 있다면 뭐든 못할 게 있겠는가. 만약이란 사소한 단어가 우릴 주저하게 만든다.

미처 예상치 못한 상황으로 사랑이 변질되거나 어그러질 경우 그 충격을 감당할 수 없어 고통과 번민에 빠져 버린다. 때론 죽음과 연계되는 경우도 허다하다. 결국 이러지도 저러지도 못할 때가 있는데 그때면 순수도 열정도 모두 사면초가다.

한겨울에 피는 동백꽃이 한여름에는 도저히 피어 낼 수 없듯이 인간사도 다 때가 있다. 즉 사랑도 다 시기가 있다는 뜻이다. 그렇다고 마냥 기다려 주지 않는다. 도전과 변화만이 새로운 사랑을 획득할 자격이 있다. 우리는

그런 진보적 성향이 절실히 필요한 시대에 살고 있음을
늘 기억하고 대비해야 한다.

14.

본문에서 사촌은 계획성이 없고 뚜렷한 목적의식이 없
는 퇴물로 인식되지만 그러나 농원을 진보시키는 결정적
역할을 한다. 바로 신기술이란 작은 변화가 큰 공감대를
불러일으키면서 그 파급효과로 농원 전체가 대수선에 들
어가는 일대 혁신이란 큰 공을 일궈 냈다. 본 소설의 피
날레를 장식하고 있다.

그 변화의 가시적 효과가 드러나기 위해선 때론 기다
림이란 시간이 다소 소요될 수도 있다. 또 불안과 초조가
수반되는 산통을 겪기도 한다. 그러나 그건 개구리처럼
큰 도약을 하기 위한 작은 움츠림에 불과하다.

그 결과물로 주사위효과를 얻어 낼 수 있었고 또 작은
날갯짓에 세상을 뒤흔드는 나비효과를 유도시킬 수 있었
기에 이젠 갈등의 시대를 넘어선 믿음과 도전으로 사랑
이 충만한 새 삶에 열정을 되찾았다. 그건 진보에 도전한
부산물이다.

15.

동백이 한겨울 추위란 고통을 참아 가며 동박새와의 불가분적 연모로 수정을 받아 단단하고 두터운 씨앗을 얻어 내듯 순수와 열정이 가득찬 두 바퀴 페달을 힘차게 밟아 훨훨 하늘 높이 활공해 보자. 그 시야로 새롭게 펼쳐 올 아름다운 세상을 분명 경험할 것이다. 그 늘푸른 세상은 마냥 정직되어 있는 게 아니라 어제도 오늘도 또 내일도 부화하는 생명력이 땅속 용암이듯 마구 용솟음쳐 대고 있다.

우리가 바라는 새로운 세상이란 사랑과 열정이 가득 깃든 검붉은 핏빛 노을이 어둠 속에 활활 타들어야만이 찬란한 여명으로 장엄한 일출을 새롭게 맞이할 수 있음을 가슴에 꼭 새겨 두어야 할 것이다.

『동박새』와 함께 떠나는
'우도 올레길'

하늘에 별조차 따내는 남한 최고봉인 한라산(漢拏山), 사계절 내내 신비와 청정을 고이 간직하고 있는 환상의 섬, 제주는 세계유산이자 우리의 '연인' 이다. 일상을 벗어나 『동박새』와 함께 떠나는 제주 올레길 하나를 안내한다.

1-1 우도 올레
(약 16km, 도보로 4시간, 자전거나 스쿠터 이용시 2시간 정도 소요)

우도는 제주 62개 섬 중 가장 큰 섬으로 면적 5.9㎢, 해안선 길이 17㎞, 최고점 132m이다. 형상이 소가 드러누운

우도 올레길 ☞ 총 16.1km : 4~5시간

천진항 → 쇠물통 언덕0.8km → 서천진동1.4km → 홍조단괴해빈 해수욕장

2.2km → 하우목동항3.2km → 오봉리 주흥동 사거리4.4km → 답다니탑

5.8km → 하고수동 해수욕장7.7km → 비양도 입구8.7km → 조일리 영일동

11.8km → 검멀레 해수욕장12.7km 망동산13.6km → 꽃양귀비 군락지

13.9km → 우도봉 정상14.3km → 돌칸이15.4km → 천진항16.1km

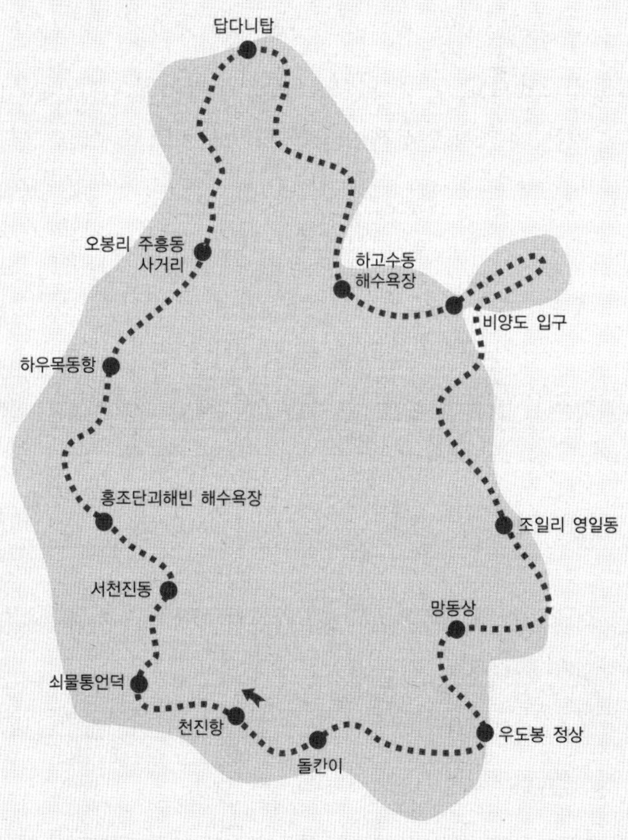
답다니탑
오봉리 주흥동
사거리
하고수동
해수욕장
비양도 입구
하우목동항
홍조단괴해빈 해수욕장
조일리 영일동
서천진동
망동상
쇠물통언덕
우도봉 정상
천진항
돌칸이

모습이라 하여 붙여진 이름으로 섬 전체가 푸른 파도로 늘 출렁대어 도항하자마자 마치 거함에 환승한 느낌이다. 해안선 따라 발달한 우도 올레는 돌담, 등대, 해녀 등 쉴멍 놀멍 간세가 이끄는 느릿한 절경을 만끽할 수 있다.

도항 천진항은 제주 올레길 1-1코스 시점이자 종점이다. 특별한 안내가 필요없어 굽이 굽은 해안길 따라 간세가 거미줄처럼 늘어뜨린 파란 줄을 따라가면 된다. 도보로 걷는 게 가장 인상적이나 좀 힘이 부치고 스쿠터 타기는 매연과 소음 때문에 보고 느끼는 감성이 반감되므로 두 바퀴 자전거가 딱 제격이다.

먼저 볼거리는 우도팔경 중 하나인 천진관산이다. 천진항에서 바라보는 한라산의 모습이 제일 아름답다. '연인'과 함께라면 일몰 명소로서 최고다. 유난히 빨간 등대가 이채롭다.

조금 가다 보면 하얀 산호민박집과 산호일해횟집이 나오고 동배니구석 포구 방파제와 갯바위에 바다낚시하는 게 이따금 보인다. 명물 우도는 해안가 어디든 자리하면 낚시 포인트다.

좀 더 가면 눈이 부실만큼 새하얀 서빈백사 해수욕장이 나온다. 드라마 〈여름향기〉, 〈인어공주〉, 〈연풍연가〉 촬영지이기도 하다. 홍조류가 퇴적된 홍조단괴해빈은 천연기념물로 지정되어 있고 역시 우도팔경 중 하나이다. 펜션 민박과 향토음식점 등도 즐비하다. 쪽빛 바다에 펼친 파라솔 아래에서 '연인'과 함께라면 생각만 해도 황홀하다.

우도에는 성산항으로 드나들 수 있는 항구가 2개다. 하나는 천진항이고 또 하나는 바로 하우목동 포구다. 일명 하우목동항이다. 들물 날물이 모두 꺾이는 부분이라 파랑의 소파를 감소시켜 주는 콘크리트 이형블록인 테트라포드에 낚시꾼들이 길게 줄지어 있다. 잡어가 많고 긴꼬리나 참돔도 잡힌다. 『동박새』에서 우도 노인이 청어 등 잡어를 잡던 바로 그곳이다. 이곳 해녀의 집 앞에서 젊음의 상징인 팔딱이는 비릿함을 잃지 않기 위해 우도 노인들은 매번 순번을 정해 안주거리를 낚아 놓곤 밤마다 세월의 무상함을 달랬다.

파도를 불러모으는 섬머뷰펜션을 지나면서 배가 출출해 온다. 곧바로 어촌인 산물통 해녀촌이 나오는데 시각보다 후각이 먼저 알아 본다. 전복, 소라, 해삼, 멍게, 개불에 문어까지 온통 만 원짜리다. 인심이 만 원이니 가격은 공짜다. 싱싱함은 기본이고 씹는 맛, 감칠맛은 입안이 온통 바다다. 범죄 없는 마을 오봉리다.

　하늘과 바다가 마주 닿은 듯한 수평선을 따라잡다 보면 모서리진 지형에 푸드코트인 우도자연이 있고 그 앞 해안가로 제주 4.3사건 때 망을 보던 답다니탑 망대와 흰 등대가 나란히 서 있다. 사방으로 작은 돌탑들이 많아 이색적이다. 그 옆으로 해녀 탈의장인 해녀촌이 있다. 외벽에 〈인어공주〉 촬영장소란 문구가 큼직이 써 있다.

　다시 페달을 힘차게 밟고 달리면 하고수동 포구와 해수욕장이 나온다. 입구 도로 중앙에 마을을 수호하는 돌탑인 방사탑이 떡 버티고 있다. 바로 미륵정토사상 즉 중생 구원을 기원하는 미륵하생 신앙의 흔적이다. 애머럴드 해변가로 우뚝 선 해녀상이 곱고 인상적이다. 우도에서 해수욕하기엔 제일 좋은 장소다. 해안길에 늘어선 호객하는 민박집 이름들이 독특하다. 해오름, 백악관, 썬비치, 지현, 재호, 하고, 바캉스 등 민박 겸 식당이 즐비하다.

하이킹 속도를 한층 높이면 빨간 글씨로 해녀의 집 안내 간판이 보이는 연륙도로가 나온다. 바로 우도 안의 또 다른 작은 섬 비양도다. 망루와 등대와 정자 등이 있다. 정자에 오르면 발치 아래로 시야가 모두 바다라 가슴이 탁트인다. 사계절 낚시 특급 포인트로 돔은 물론 다금바리도 잡힌다. 등머울펜션이 하루쯤 머물고 싶다는 유혹을 해 온다. 비양도를 돌아나와 비양동을 막 벗어나면서 해와 달, 그리고 섬이란 이름과 그림을 내건 숙박업소가 그냥 지나치는 게 서운한지 하루쯤 머무를 것을 재차 되물어 온다.

여기서부터 하이킹을 질주하다 보면 영일동 포구가 보인다. 이곳 영일동 방사탑 등대에는 뱃길을 밝히는 도대불이 있다. 마을 어부들이 손수 잡석으로 쌓은 생활 등대다.

다시 본격적으로 하이킹을 하는데 〈인어공주〉 촬영지를 지나면서 급커브와 오르막이 나온다. 다소 지쳐 단숨에 오르기에 벅차다. 정자나 해녀상이 있는 곳에서 잠시 쉬어 가게끔 한다. 해안가로 검멀레 해수욕장과 일명 고래 콧구멍인 경안동굴 그리고 〈연리지〉 촬영지가 훤히 내다보인다. 시간상으로 배가 출출해 온다. 바로 등 뒤로

돌아보면 『동박새』에 등장하는 섬사랑편의점이 한눈에
들어온다. 우도 특산물인 땅콩, 마늘, 돌미역, 모자반, 돌
톳, 우뭇가사리와 커피, 라면, 캔맥주, 과자류 등도 판다.
젊은 주인 여자가 무척 상냥하고 싱그럽다. 우도에서 제
일가는 미모다.

바다를 음미하며 또 염분 머금은 갯바람을 맞아 가며
해안선에서 먹는 컵라면 맛은 꿀맛이다. 안주 삼아 캔맥
주나 커피로 기분을 전환시킨 다음 다시 우도봉을 향해
오른다.

가파른 망동산과 저수지를 우회하여 자전거를 끌며 타
며 숲속 우도봉길로 들어선다. 계속 오르막이다. 우도팔
경 중 제1경이자 주간명월로 유명한 광대코지로 불리는
해식동굴이 있는데 이 굴에서 한낮에 달을 본다. 그 굴
위로 나 있는 능선길 따라 우도봉을 등정한다. 급경사고
흙길이라서 미끄럽다. 격자 고무가 묻혀 있어 그나마 다
행이다. 막다른 봉우리에 올라서면 발치 아래로 남태평
양이 펼쳐 온다. 비록 작으나마 돌출된 바위에 올라서 대
양을 향해 양팔을 활짝 펼치고 마음을 한껏 드리우면 세
상의 고뇌가 다 잊어진다.

『동박새』에서 골고다를 오르듯 고생 끝에 자전거를 끌고 올라가 두 바퀴 사랑을 입증시킨 곳이기도 하다. 만약 우도봉에 〈동박새 체험장〉으로 자전거 모형을 설치하여 관광객들에게 안장에 올라서 보게 한다면 분명 빼놓을 수 없는 추억의 명물이 될 수 있다.

더는 멈출 수 없는 시간에 아쉬움을 접고 올레길 시점이자 종점인 천진항으로 내려오는 길목에 소의 여물통을 일컫는 톨칸이와 비가 와야 폭포가 되는 비와사폭포 또 자갈돌에 소원을 써놓는 돌탑과 갈댓잎, 줄기, 꽃이 산출되는 갈대 화석 등도 볼만하다.

성산항과 천진항을 도항하는 배 이름이 사랑호다. 승선료 왕복 4,000원에 해양공원 입장료 1,500원 도합 5,500원이지만 마음은 한층 넓어져 있어 천군만마를 얻은 것과 같다. 어찌 이를 돈으로 환산할 수 있겠는가. 『동박새』가 그 값진 선물을 드립니다.